给孩子的神话故事

贾文轩◎编著

文化发展出版社
Cultural Development Press

图书在版编目（CIP）数据

给孩子的神话故事 / 贾文轩编著. — 北京 : 文化发展出版社有限公司，2017.4
ISBN 978-7-5142-1718-6

Ⅰ. ①给… Ⅱ. ①贾… Ⅲ. ①神话－作品集－世界
Ⅳ. ① I17

中国版本图书馆 CIP 数据核字（2017）第 064742 号

给孩子的神话故事
编　　著：贾文轩

责任编辑：肖润征
产品经理：杨郭君
监　　制：白　丁
出版发行：文化发展出版社（北京市翠微路 2 号）
网　　址：www.wenhuafazhan.com
经　　销：各地新华书店
印　　刷：三河市万龙印装有限公司

开　　本：880mm×1270mm　1/32
字　　数：200 千字
印　　张：8.25
版　　次：2017 年 6 月第 1 版
印　　次：2017 年 6 月第 1 次印刷
定　　价：39.80 元
I S B N ：978-7-5142-1718-6

目录

1．盘古开天辟地

很久很久以前，世界还没有诞生的时候，有一个管理南海的天帝，名叫倏；有一个管理北海的天帝，名叫忽；还有一个管理中央的天帝，名叫混沌。倏和忽经常结伴到混沌家去玩。混沌非常好客，热情地款待倏和忽。后来，有一天，倏和忽觉得应该报答混沌的款待，于是两人商量说："我们都有眼耳鼻口七个窍洞，用来看听闻吃。可是混沌偏偏一个都没有，咱们去帮他开凿出七窍吧。"他们带着斧子、凿子来到混沌家，每天为他凿开一窍。七天后，七窍都凿开了，可是混沌却被凿死了。

混沌死后，盘古在他肚子里诞生了。

盘古在混沌的肚子里睡了一万八千年之后，苏醒了过来。他睁开眼睛，看到周围一片漆黑。他伸了一下腿，发现被一个口袋一样的壳子包裹着身体，他只能蜷缩着。壳子里，空气混沌，盘古感到焦躁不安、呼吸不畅。他不知道这是一个什么样的糟糕地方。

盘古这时生气极了，他拔下自己的一颗牙齿，将它变成一把斧头。他挥起斧头向周围砍去，要劈开这个包裹他的口袋，他可不愿意在这个鸡蛋壳一样的口袋里生活下去。

随着盘古的斧头落下，巨响接连不断，壳子裂开了一道大口子。裂口处缓缓地飘起新鲜的空气，飘到壳子的上方，变成了天空。浑浊的物质慢慢下落，积淀成了土地。从此开始，宇宙由混沌不分的一个口袋，变成了青天和大地，不再是昏昏沉沉的黑暗空间。

盘古继续努力开拓着天地之间的空间，直到有一天他用尽了全身的气力，土地不能再肥沃厚重之时，天空不能再升高一寸之时。盘古睁开眼睛，满足地看着自己亲手劈开的天地，开心地笑了笑。

盘古很是欣慰。他心想：我竟然开辟出了一片光明世界。日后，宇宙间的万千生灵再也不会被黑暗所包围了。

此时的盘古已经太累了。他缓缓躺在地上，闭上双眼，开始了长久的休息。开天辟地的盘古死去之后，最后一口呼出的气变成了云雾雨雪等天之甘露。他的骨肉变成三山五岳。盘古的头化作了东岳泰山（今山东），盘古的脚化作了西岳华山（今陕西），盘古的左胳膊化作南岳衡山（今湖南），盘古的右胳膊化作北岳恒山（今山西），盘古的腿化作了中岳嵩山（今河南）。盘古的血脉化作了长江和黄河，养育着人们，滋养着大地上的花草树木。盘古的眼珠化作了日月，照耀四方。盘古的魂魄变成了人类，所以说人类是天地间的灵长。

2．天女散花

开天辟地的盘古有三个孩子：大儿子就是玉帝，负责管理天上的事情；二儿子是黄帝，管理人间的事情；还有一个被称作花神的女儿，管理着百花。

盘古为了开天辟地，耗尽了身上所有力气。他临终前叫女儿来到自己的身边，把一包种子给了女儿，对她说："这是一包百花的种子，你拿着它去西方两万里之外的净土山，取一担净土。回来后把净土盖在天石的上面，再播下百花的种子。你接下来再去东方四万里之外，在日出之地找到一池不会蒸发的真水。取一担真水回来后，用它来灌溉百花的种子，种子才会发芽生长。向南方走六万里，有一个善水池，你要用那里的善水来喷洒花苗，花苗就会结出花苞。最后在北方八万里的地方，你能找到美水。用美水来滋养花苞，便会百花齐放。这些盛开的美丽花朵可以用来装点大哥的天庭，还可以点缀二哥的江山。"说罢，盘古的身体化作了一座盘古山，与世长辞了。

身为女儿的花神谨遵父亲的遗言，先去西方两万里处取了一担净土盖到天石的上面，并在净土里种上了百花的种子。随后，分别到东方的真水潭、南方的善水潭、北方的美水潭取到了三种水，用来浇灌百花。在花神的细心照料下，最终百花齐放，煞是好看。她开心地告诉了玉帝。玉帝听闻后，和妹妹一道去欣赏百花盛开的美景，他称赞道："妹妹用辛劳和智慧培育出了如此美丽的百花，如果能够用来装点天庭，天庭将会变成花园一样。"

妹妹答道："父亲开天辟地后，让你管理天界，让二哥管理人间。而父亲教我培育百花，正是要用来美化天庭和装点江山的。现在养花的任务已经完成，哥哥能否再帮我把百花撒向大地？"

玉帝答应了妹妹的请求。他马上叫来一百位仙女，封她们为百花仙子。这些仙女都受花神的调遣，各自挑选自己喜欢的花来采摘，然后把采到的花撒向大地。

仙女们领受了玉帝的旨意，挎着花篮去园子里摘花。不一会儿，每个仙女都采满了一篮鲜花。接着，她们一手持花篮，一手把花朵往人间撒去。花瓣飘向了九州大地，落地后生根发芽。从此以后，人世间也有百花盛开了。

3. 女娲造人

自从盘古开天辟地之后，天空中有了太阳、月亮和星星，以及风云雨雪等现象。大地上有了山河树木、花草鱼虫和各种鸟兽，但却唯独没有人类，这个世界仍然显得有些凄凉。

有一天，出现了一位法术通天的女神，名叫女娲。她信步来到这片荒凉而茂盛的土地上，看到四下里的风景，感到异常孤寂。她想，这茫茫四野中需要一些别样的生灵，才能让这世界变得生气勃勃起来。但是要加什么生灵进去呢？女娲一时也没有主意。

女娲漫无目的地走着，走了不知道多久后，她感到了疲倦。面前正好有一个清澈的河塘，碧绿湛清的水波映出女娲姣美的面容和曼妙的身影。女娲做出什么动作，水波里的倒影也做出同样的动作。女娲忽然想到，这个世界不就是少了和自己一样的生命吗？那么就不如创造出这样的生灵，让这个世界热闹起来。

于是，女娲就坐在水塘边，抓起黄泥和水，像和面一样揉着，然后捏出和自己相似的泥娃娃来。她对着这些泥娃娃吹了一口气，他们就活了过来，围着她叫着：“妈妈，妈妈！”他们兴高采烈地奔跑着，嬉戏着。女娲高兴地看着他们，手里不停地继续捏着。娃娃们慢慢多了起来，女娲身边充满了欢声笑语。

女娲为自己亲手创造的这些生灵取名叫作：人。

这些人虽然身体瘦小，但因为是女神的创作，所以他们的相貌和举动不同于世间的飞禽走兽和花鸟鱼虫，而是和神有些相似，带有一种宇宙灵首的气度。

女娲继续辛苦地劳作着，越来越多的人围着她跑啊，跳啊，口中喊着“妈妈”。看着这些会走路、会说话的人，女娲虽然疲惫，但心里很高兴。因为她再也不用孤独地生活在这个世界上，而是有了这些生灵的陪伴。

就这样，女娲每天都在辛勤地捏着泥娃娃，当月亮升起来的时候，她就靠着山坡、枕着草地睡下。到了天色稍稍放亮的时候，她就起来接着和泥巴、捏娃娃。

女娲希望“人”这种生灵能够遍布于天地之间，可是大地的范围实在广阔无垠，只靠自己的一双手，要想实现这个愿望太难了。女娲已经感到有些体力不支了，她需要一个能更快造人的方法。

她思考了好几天，终于想到了一个好方法。她在山崖上摘下一根藤条，用藤条把水塘里的泥和水搅成泥浆。她挥起藤条，泥浆落到地上，溅起泥点，这些泥点就变成了一个个叫着“妈妈”

的小人。

这个方法果然奏效了，随着藤条的升起和落下，新生的小人大批出现，人类的队伍很快就变得越来越壮大，山川和大地上到处都是人。

女娲立刻想到了另一个问题：对于人类来说，死亡是不可避免的，那么怎样才能让人类在天地间生生不息呢？如果只是不停地造人，那么不仅会让自己很累，而且实在太麻烦了。

她又思考了好几天，终于想到了一个好方法。她把造出的小人分成男人和女人，并且让男人和女人组成家庭，生育后代。就这样，人类一代又一代地延续下去，数量也变得越来越多。

4. 女娲补天

在很久很久之前，世界上还没有天空和大地，没有江河湖海和鸟兽花草，人类这个物种也还没有出现。

后来，生于混沌中的盘古开天辟地之后，才出现了各种生灵。某一年，西方的天空不知何故突然裂开了一块，天河水不断从这个裂口中倾泻向人间，淹没了大片土地，生灵死伤无数，普天之下都成了一片汪洋。

这个时候，出现了一位叫女娲的姑娘。她住在一个高高的山洞里，即便天河水淹没了世界，也淹不了她的住处。女娲目睹了生灵死伤无数的惨状，十分心痛，立志要救生灵们脱离苦海。她从山崖上下来，跋山涉水，走遍无数地方，四处寻找修补天幕裂口的办法，可惜一时没有找到。

女娲疲惫不堪，就坐下来休息，慢慢进入了梦乡。梦境里有一个老仙人来到她的面前，告诉女娲，在那远方的昆仑山上，有许多五彩斑斓的宝石，只要用火淬炼这种宝石，就可以补上天空的裂口。

女娲从梦中醒来，想起神仙告诉她的话，就踏上了去往昆仑山的路。昆仑山十分陡峭，树林里遍布豺狼虎豹，因此一般人都无法登上昆仑山顶。但是女娲怀着解救世间万物的诚心，不顾路途上的艰难险阻，日以继夜地奔走，终于来到昆仑山脚下。

女娲抬头向上看，发现山上荆棘密布，地面上满是狼牙一样凸起的尖石，根本就没有上山的路。但是女娲没有被这些吓倒，依然拨开荆棘，踩着乱石，任由娇嫩的皮肤被划开道道伤口。女娲不分昼夜地向山顶爬去，正爬到半山腰时，一声虎啸由头顶上传来。女娲没有闪躲的余地，老虎已经抓住了她，张开了血盆大口向她的头上咬去。此时女娲不慌不忙地说："老虎，我这具身体早晚都是你口中之食，但是你得等我到山顶拿到五彩宝石，把天幕的裂口补好，你再慢慢地吃我。"

这只老虎似乎能听懂人言，就抬爪放走了女娲。女娲继续向山顶爬去，离山顶越近，道路就越陡峭。女娲越来越累，慢慢有些体力不支，但她还是一刻不停地继续向上攀爬。忽然又刮来一阵腥风，前方出现了一头金毛狮子。它叼住了女娲的头发，想要吞吃。老虎追了上来，对狮子大吼："我比你先遇到这个女子，我们有约在先，她补天之后来让我吃，你怎么敢和我抢？"

狮子一听老虎的话，就丢下女娲和老虎厮打起来。狮子不敌老虎，掉头就跑。老虎怕沿途再有意外，一路尾随女娲到了山顶。

女娲到了山顶后，找到了很多五彩宝石。她在昆仑山顶生起了大火，捡来石头堆在旁边。她把这些五彩宝石炼制了九九八十一天，炼成了石浆。等到石浆火候足够，女娲就手捧石浆来到天的缺口处修补起来。她一次次地往返于天空和山顶，直到裂口被补好，一点也不漏水了，女娲才放心。土地上的大水慢慢退去，人们陆续回到了自己的家园，回归往日的生活。

女娲完成了自己的心愿，随后想起了和老虎的约定。她来到老虎这里，对老虎说："我已经补好了天，你现在可以把我吃了。"

言毕，女娲安详地闭上眼睛，伸长脖子，等着老虎。等了一会儿，老虎并没有吃她，还十分客气地对女娲说："你是一个心地善良的好姑娘，我怎么舍得吃你呢？你不畏艰苦，为世人造福。我看还剩下一些石浆，你再去把裂口加固一下不是更好？"

女娲听了老虎的话，感觉很有道理，于是把剩余的石浆捧在手上，准备再加固一下缺口。她马上就要飞到裂口处了，突然从南海方向吹来一阵狂风。一时间山摇地动，女娲手里的石浆也都被吹散了。

见此情景，女娲急得哭了。老虎看到了，就对女娲说："你现在先不要哭，我背着你去追，我们一起把石浆追回来。"

女娲马上止住了哭泣，翻身骑到老虎背上。老虎翻身跃下山崖，踏着云彩，一路奔向散发着五色光彩的石浆。

女娲骑在老虎背上，一路经过了无数名山大川，无奈大风太急，一直没有追上。等到风逐渐停了，那些五彩石浆就往大地上落去。女娲和老虎继续加紧追赶，直到洞庭湖上方，就要抓住了。这时老虎有些兴奋，对天长吼，导致脚下慢了。就在这时，石浆朝着洞庭湖落了下去。

石浆掉在水中，就迸发出了万道五色神光，把湖水都照亮了。霞光散去，出现了七十二座形状各异的山峰。山峰在湖水里错落有致，为洞庭湖平添了万千景象。

女娲虽然十分心疼，但当她看到石浆化作山峰时，感到这样也是很好的结果。在还没有凝固的山峰上，女娲留下了一双脚印。女娲继续向前走了几步，原来的山峰就变成了一个小岛形状。

后来又过了许多年，娥皇、女英二位佳人千里追寻丈夫舜帝。她们来到洞庭湖腹地，听说了舜已经去世的消息，悲痛地放声痛哭，最后竟哭死在山上。后来人们为了纪念这段佳话，就把这座山称作“君山”。

5．伏羲教人打鱼

中华大地上的人类刚刚出现的时候，还不知道怎么种庄稼，每天只能用猎到的野兽的血肉来填饱肚子。偶尔几天打不到野物时，人们就只能饿着肚子生活。神仙伏羲不愿意看见人类总饿着肚子，他日思夜想：怎样才能让人们在打不到野物时也能吃饱呢？

过了几天，伏羲来到了河边，看见河里游来游去的肥鲤鱼，他心想，这鲤鱼长得又大又肥，捉来当食物不是很好吗？伏羲于是就走到了河里去抓鱼，鱼儿游得不算快，不一会儿，他就抓住了一条大鲤鱼，这可把伏羲高兴坏了，赶紧拿着鱼跑回家了。

伏羲回到家，自己先撕着尝了口鱼肉，觉得味道很好，又把鱼分给大家吃，大家也都说好吃，于是伏羲就带领人们去河里开始抓鱼。大家捉了一下午的鱼，都各自拿回家饱饱地吃了一顿鱼肉。慢慢地，捉鱼的事情就传开了，越来越多的人到河里抓鱼吃。

河里的鱼被捉走了很多，这可让龙王不高兴了。一天，龙王带着龟丞相怒气冲冲地对伏羲说：“告诉你的子民们，以后不许再捉我的鱼吃了，你们这样是想把我的鱼儿们都抓光吗？”

伏羲不慌不忙地回答道：“我们不抓你的鱼，那我们吃什么呢？大家没吃的就只能喝水，那好，那就把你河里的水喝得干干净净，让你和你的子孙们都没地方住才好。”

龙王听见伏羲要把自己的河水都喝光，心里很害怕，可是这不让捉鱼的话已经说出去了，就不能改变主意。一旁的龟丞相看见龙王为难的样子，走到龙王旁边轻声地说道：“龙王您看，他们都是用手来抓鱼的，不如就规定，他们捉鱼可以，但是不能用手。这样一来他们就一定抓不到鱼了，我们的子孙也就有救了。”龙王觉得龟丞相说得很有道理，就笑着对伏羲说：“那我们就定个规矩，只要你们不用手来抓鱼，随便你们怎样都行，你觉得我这个提议怎么样？”伏羲思考了一会儿，点了点头说：“那就这样说定了，我们不用手抓鱼，大家永远都不许反悔！”龙王笑出了声，心想：这伏羲算是上了我的当，我倒是想看看，不用手，你们怎么来抓我的鱼儿。龙王一边笑着，一边和龟丞相回龙宫去了。

伏羲又开始想不用手捉鱼的办法，想了三天三夜。他十分疲倦，就躺在树荫下休息，偶尔睁开眼睛看看蓝天，脑袋里还是不停地想着办法。突然，他看见树上有只蜘蛛在忙碌地织网，远处飞来的蚊子和苍蝇都被它的网给套住了。伏羲想，自己也可以学蜘蛛一样织出一张网来。于是他就去找来了一些葛藤，左一条右一条地织了起来，又用两根木棍把网固定起来，终于把网织好了。

伏羲拿着网，来到了河边，把网丢向了河里，自己就坐在岸上静静地看着。不一会儿，真的有鱼儿被网套住，而且比用手抓住的还要多，这可真是太好了！伏羲高兴极了，他赶紧跑回去把织网捕鱼的方法教给了大家。人们学会了用网打鱼，终于不用再饿肚子生活了。

龙王知道伏羲是用网打鱼而不是用手，气得眼睛都鼓了出来，就和后来人们的龙王画像一模一样。但是龙王也没办法，因为伏羲并没有破坏当初定的规矩，龙王只能在一旁干着急。龟丞相说：“龙王，这伏羲也实在是太聪明了吧！”龙王一听，更加生气了，于是狠狠地打了乌龟一巴掌。乌龟被打得滚到了墨盘里，弄得一身乌黑，再也不敢乱说话了。

6. 后羿射日

很久很久以前，天上有十颗太阳。这些太阳都长着三只脚，样子像黑鸟一样。他们是天帝和天后的孩子，住在世界最东边的东海。每一天，天后都在东海给这十个孩子洗澡。之后让他们在一棵大树上休息，因此那棵大树就是他们的家。九个太阳住在低一些的树枝上，另一个则住在高一些的树梢上面。每一天的早上，人间呼唤光明，在树梢上的太阳就会离开大树，乘坐马车飞上天空，把光和热遍洒在人间的每一个角落。他们每天都会交换次序，因此天地万物一片和谐。人们根据太阳的起落安排劳动和休息的时间，生活十分和谐。人们互相友爱，也很爱护身边的动物。为了感谢太阳给他们带来光明和温暖，人们经常会对着天空充满深情地膜拜。

可日子一长，太阳们感到这样的时光很无趣，于是这十个太阳兄弟决定一起出去游玩。他们觉得大家一起出游，一定非常热闹。在一个清晨到来的时候，十兄弟一起登上马车，从整个天空穿过。每个太阳都是一枚大火球，十个太阳释放出的巨大热量让大地变成了人间的炼狱。森林中燃起了熊熊大火，人们居住的房屋都化为了灰烬，很多人和动物被烧死了。那些幸存的人四处奔逃，像疯子一样寻找避难的场所，寻找水源和食物。

江河湖泊开始枯竭，连大海也即将干涸了。水中的鱼类越来越少，因此靠鱼类生活的水中怪物来到陆地上，偷吃人类的食物。人们不是饿死，就是被大火活活灼烧而死，或者成为猛兽的食物。在干旱和火海中，人们只能无助地挣扎着，不断祈祷上天能够解救他们。

万分危急的时刻，天帝看到人类在受难，心中不忍，就把后羿叫到了自己的面前，让他去拯救人类。后羿武艺高强，而且箭法卓绝。后羿接受了天帝交给他的使命，决心驱走这些调皮捣蛋的太阳，让人们从这场灾难中解脱出来。

后羿带着神弓和神箭，爬过九十九座高山，涉过九十九条大河，再穿过了九十九个峡谷，终于来到了东海边。他来到海边的一座高山的山顶，拉弓瞄准了太阳兄弟们。他先劝说十个太阳兄弟，让他们守规矩，可太阳十兄弟不听。于是，后羿一箭就射落了第一个太阳。紧接着，他的第二箭射下了两个太阳。这下把其余的七个太阳吓坏了，他们在天空中乱跑，发出更加灼热的光和热，在人间引发了更猛烈的火灾。后羿只得射出第三箭。这一箭因为用了很大的力气，所以一次射下了四个太阳。后羿又接连射出两箭，把剩下的三个太阳里的两个射落了。九个太阳都被后羿的箭射死了，他们的羽毛从身上脱落了，也不再发出光和热。剩下的那个太阳感到非常恐惧，他听从了后羿的警告，从此以后本分地东升西落，继续为人间带来光明和温暖。

后羿射日之后，大地恢复了正常，人们又过上了安居乐业的生活，与万物和谐相处。而后羿因为消除了人类的灾难，成为被崇拜的英雄和受人尊重的神。

7．嫦娥奔月

后羿射下了天上的九个太阳，为人类做出了巨大的贡献，因此深受人们爱戴。可太阳是天帝的孩子，天帝怪罪后羿，将他和妻子嫦娥贬为凡人。后羿被贬后，许多人都找他学习射箭。这些人当中，也有心术不正的，逄蒙就是其中一个。

在凡间的日子里，后羿总是觉得自己射日而连累了妻子嫦娥，心里很是过意不去。因此，后羿除了教徒弟射箭和打猎外，其他时间都陪伴在嫦娥的身边。一天，他对嫦娥说："天神之间的等级难以逾越，还是人间更加自由。可做凡人最终难逃一死，如果想长生不老，那就必须渡过弱水，翻越炎山，到昆仑山去找西王母求取不死的灵丹妙药。"

为了和嫦娥永远在人间自在地生活，后羿一路上穿越艰难险阻，以顽强的毅力来到了昆仑山顶。西王母对后羿的遭遇十分同情，也从心里佩服他的所作所为，就将仙丹赐给了后羿。她对后羿说："这种不死仙丹是用不死树结的不死果炼成的，不死树三千年开一次花，然后再三千年才结一次果，就连炼药也需要三千年。可现在我这里只剩下一颗了，你和嫦娥分享的话，你们俩就可以长生不老；如果一个人吃的话，吃的人就能升天成仙。”

回到家后，后羿和嫦娥商量好，要在一个吉利的日子里一起分享这颗仙丹。在这之前，仙丹由嫦娥暂时保管。不想，他们的对话被逄蒙偷听到了。

一天，后羿带着众徒弟上山狩猎，逄蒙假装生病，留在家里。他等到后羿和师兄弟走了后，就拿着凶器闯进后羿家的院子，威胁嫦娥交出仙丹。嫦娥自知不是逄蒙的对手，在危急时刻，将仙丹一口吞下。嫦娥吃下仙药立刻成了神仙，飞上了天空。因为挂念丈夫后羿，嫦娥去了月亮上成为一名仙子，因为这里离凡间的距离最近。

这天晚些时候，后羿打猎回家，听侍女讲述了家中发生的变故。他非常愤怒，于是去找逄蒙算账，谁知逄蒙早就跑了。失去嫦娥的后羿非常伤心，他仰望夜空，大声呼喊嫦娥的名字。当他看到月亮时，发现这一夜的月亮特别明亮，而且在月亮里面有一个酷似嫦娥的影子。他连忙吩咐仆人在嫦娥常去的花园中摆上香案，放满了嫦娥爱吃的甜点，以此来表达他对嫦娥的思念之情。

这时，嫦娥成仙奔月的消息传遍了人间。人们纷纷在月下向着嫦娥祈祷，希望她能保佑平安。这一天刚好是农历八月十五，从此以后，每年的这一天人们都会对着月亮纪念嫦娥。

8. 玉兔望月

在永新龙门，有一座直插入云的山峰叫作秋山，山顶上有一块巨石，形状就像一只抬头望天的兔子。因此，这块形状奇特的石头被人们叫作“玉兔望月”。

传说，住在月宫里的嫦娥仙子有一只可爱的玉兔，和她一起度过凄清孤独的时光。这一天，又到了王母娘娘的寿诞，看着大家纷纷向自己祝贺，王母娘娘的心情也好了起来，便派太白金星去请嫦娥仙子来为自己跳舞。嫦娥仙子收到了王母娘娘的邀请，虽然心里很是抵触，却也不敢违抗王母娘娘的旨意，只得和太白金星一起去了天庭。

王母娘娘连着摆了三天的宴席，每一场宴席之前，都吩咐嫦娥仙子为大家跳舞助兴。起初，玉兔还老老实实地待在月宫里。到了第二天，顽皮的玉兔实在忍受不住寂寞，便独自下凡了。它刚刚从月宫到了秋山之上，欣赏着秋山美丽的风景，却不巧被一只修炼成精的老鹰当成食物叼到了空中。在这个千钧一发的时候，飞翔的老鹰突然一声惨叫，松开了抓着玉兔的爪子，于是玉兔便笔直地从空中掉了下来，被一双臂膀牢牢地接住了。

玉兔惊魂未定地看着接住自己的好心人，原来是一位英俊善良的猎人。猎人看到玉兔被老鹰抓住，于心不忍便一箭射中了老鹰，把玉兔解救了下来，然后带着玉兔回到了家。这位猎人叫阿松，在他很小的时候，父母便不幸去世了，留下他一个人独自生活。

阿松收拾了一下家务，又出门打猎去了。临走之前他摸了摸兔子的头，叮嘱说："我要去森林里打猎了，顺路帮你采一些青草回来，你要好好地待在家里哦。"

等到天快黑了，阿松带着猎物和青草回到了家里，刚一推开家门，发现桌上早已摆好了饭菜。一位美丽的女子坐在桌子旁，正笑盈盈地望着自己。

"你是谁？为什么会在我家？"阿松被这个场景吓了一跳。

"我就是你从老鹰嘴里救下来的兔子啊！你可以叫我小玉。"

看着眼前的阿松还是一脸怀疑，阿玉便把月宫的生活都讲给阿松听。

听到这里，阿松相信了小玉的话。两人聊着聊着，发现渐渐对彼此有了好感，于是两人便结为了夫妻，一起幸福美满地生活在森林里。

可惜好景不长，那只之前被阿松一箭射伤的老鹰偶然发现了已经化为人形的小玉就是那只兔子，还和射伤自己的猎人成为夫妻。老鹰暗下决心，一定要找两人报仇。

小玉还在月宫的时候，嫦娥曾经教过她如何熬制草药、如何为人治病疗伤等。于是，和阿松结婚之后，她总是一个人到森林中采摘草药，帮助村庄里的人脱离疾病的困扰，当地的村民都很喜欢这个热心、善良的姑娘。

在一个秋日的午后，小玉和往常一样，行走在下山的小路上，准备去帮村民们治病。一直偷偷跟在小玉上方的老鹰找到了机会，猛地俯冲下来，用早已磨好的利爪死死地抓住小玉的衣服，把小玉带到了空中。老鹰一边飞一边得意地叫嚣："这次你喊破了喉咙也没人来救你了！我不但要摔死你，还要毁了你的村庄，好报此前的一箭之仇！"

小玉很快就从惊慌失措中镇定了下来，她仔细思考了一下如今的处境，认为唯一的办法就是和这只老鹰同归于尽。她从衣服里掏出了一条绳子，把自己和老鹰紧紧地绑在一起，又用自己采药的小刀猛地刺向老鹰。

这一系列的动作发生得如此之快，老鹰差点从天上摔下去。它试图把小玉扔下去，但发现自己和小玉捆在了一起。老鹰于是便和小玉一起撞上了山崖，老鹰的尸体坠了下去，小玉化成了一块屹立在山顶的巨石。春去秋来、岁月变迁，这块石头还是一直望着天空的方向，其实是在想念月宫和月宫里一起玩耍的嫦娥仙子。

阿松从森林里打猎回来，发现小玉不见了，便发疯般搜寻小玉，直到在秋山顶上发现了一块兔子形状的巨石，那对兔子的眼里仿佛充满泪水。悲痛的阿松整天在懊恼和遗憾中度日，没过多久便去世了。

村民们也为这个善良的姑娘感到遗憾，便在小玉化成的巨石旁修筑了一座庙宇，在每个月圆的夜晚集体来到庙里祭拜热心肠的小玉。仙女们听说了月宫玉兔化石的故事，都为玉兔的善良勇敢而感动，也对凡间自然秀丽的风景满怀向往，便在空闲的时候偷偷结伴来到秋山顶的倚天湖沐浴。

没有了玉兔的陪伴，独自一人居住在月宫的嫦娥却不敢擅自离开天界，只能等到每年八月十五月圆的时候，站在月宫的高处遥望着秋山的方向，对着曾经一起玩耍、如今却成为巨石的玉兔，流下思念的泪水。

9. 夸父逐日

在遥远的古代，北方的荒凉土地上有一座名叫“成都载天”的高山。这里住着大神后土的子孙，被称为夸父族。他们身材魁梧，力大无比，有着英勇而刚强的性格。

夸父族里有一位高大的男子，他每天早上看见太阳从东方冉冉升起，又朝西方落下，这时黑夜就开始了。第二天，东方露出了鱼肚白，太阳再次升起。这位夸父族男子想：“太阳每天落到哪里去了呢？我不喜欢漫漫长夜，我爱太阳带来的光明。我如果能把太阳抓住，将它永远挂在天上，那么大地上就再也没有黑暗了。”

想到这里，他迈开双腿跑起来，像狂风一样大步朝太阳西落的方向奔去，一眨眼的时间已经到了千里之外。

他一直不停地追逐着太阳，一直追到了禺谷这个地方。禺谷，也被称作虞渊，太阳每天就是从这里落下去的。

在太阳还没有彻底落下的时候，夸父就来到了太阳跟前。太阳是一个火红发亮的大球，散发出无限的光明，包围着夸父。夸父见到如此情景，兴奋地举起双臂，想把眼前的太阳抓住。

此时的夸父就这样赤裸裸地被太阳光炙烤着。因为不停地奔跑耗尽了他所有的体力，所以他此时突然感到喉头干燥，异常口渴。这种感觉让他十分痛苦，夸父已经到了身体的极限。

夸父这时只能放弃摘下太阳的想法。他俯下身子，从黄河和渭河中大口喝水，没过多久，就喝光了这两条大河的河水。可是夸父仍然非常痛苦，感到口渴难忍。

于是夸父迈开大步朝着北方继续跑去，他想要跑到北方的大泽，喝那里的水解渴。那个北方的大泽，就是“瀚海”。瀚海位于雁门山的北方，树木十分茂盛。鸟儿们在这里繁育幼鸟，还在这里更换它们的羽毛。大泽十分宽广，方圆千里，那里的水源足够让这个追逐太阳的夸父解渴。只是它的距离太远，夸父耗尽了体力。

夸父的巨大身躯倒向了大地，就好像一座大山突然倒塌了。当他倒下的时候，周围的山川和大地都发出了震耳欲聋的声响。此刻太阳正缓缓向西方的虞渊中落下，夕阳的余晖照耀在这个巨人的脸上。夸父看着太阳向西方沉没，心中充满了遗憾。他深深地叹了一口气，用最后一丝力气把手里拄着的树杖抛向太阳的方向。他缓慢地闭上了双眼，长眠于这块太阳落下的地方。

到了第二天的早上，太阳再次从东方冉冉升起，散发出温暖的金色光芒照耀着大地。这时太阳看到，原野上出现了一座巍峨耸立的高山。在高山的北边，出现了一片硕果累累的桃园。原来，这座高山就是夸父的身体变成的，而夸父的手杖化作了这片桃园。

夸父用自己的生命变成充满水分的桃子，为在他之后前来寻找光明的人们充饥解渴。让他们精神饱满地踏上追逐太阳的道路，激励他们不忘初心，一定要找到光明。

10. 八百蛟龙护南岳

在上古时期，有个南方部落的首领叫祝融。祝融发现，只要将两块石头放在一起，用力地相互摩擦就会产生火花。黄帝对祝融十分赞赏，封他为管理火种的正火官。

祝融把取火方法教给了自己居住的南岳衡山附近的百姓。百姓们非常感激祝融，因为火的用处很大。有了火种，人们再也不用吃生的食物，夜晚也能用火照亮，还能在遭遇凶猛野兽攻击时用火驱赶。

祝融想让各大氏族首领们保存好各自的火种，可是他自己也不知道该如何保存，就让大家先把火种埋起来。可是没多久，火种突然在地下开始燃烧，衡山的下方已经被大火充满了。地面被烤得开裂，江河被全部烤干，草木也都枯死了。老百姓没法种庄稼，大家又饿又热，个个叫苦连天。

在离衡山不远的湘江，住着一位南海的龙子。由于南岳的烈火，龙宫也被波及，龙子难以忍受这样的高温，就写信向自己的父王求救。南海龙王知道了儿子的情况后，十分着急，可是南海离南岳太过遥远。正当龙王不知该怎么办才好时，龟丞相捋着自己的胡须说："陛下，既然海水没有办法直接运到南岳，不如我们让蛟龙去吞水施法，让南岳下三天三夜的暴雨，或许能有点作用。"龙王同意了他的意见，赶紧派蛟龙吞水，足足把南海的水位降低了三尺三寸。

尽管龙王下令降了三天三夜的暴雨，却并没有将地下的火种熄灭，暴雨反而把南岳周围老百姓的房子都淹没了。因为自己的做法失败了，南海龙王感到非常难过，可是无论他怎样绞尽脑汁都想不到其他方法了。湘江里的龙子献计说："父王，我听民间的人说，遇到不明白的事就去问老者，或许他们能有好办法。"于是，龙王和龙子就化成人形，一路上四处打听灭火的办法。龙王父子俩几乎走遍了南岳周边的所有地方，遇到老者就上前请教。

这天，他们在一个山坳处遇到一位老人，他正在凿一块很奇怪的石头。这块石头上有好多个洞，龙王不知道这是做什么用的，就问道："老人家，这石头怎么这么奇怪？你为什么要凿石头啊？"老人抬头看了看他们，叹息道："唉，看来你们是外地人，不知道我们这里的情况啊。这里的地下有火一直在燃烧着，遍地冒着热气。龙王为了解救我们，又下了三天三夜的暴雨，把村子里的房屋都淹了，唉，如果我能见到龙王该有多好啊！"龙王一听，兴奋地问道："见到龙王能做什么呢？难道老人家您有解救百姓的好办法吗？”老人缓缓地回答道：“这办法我倒是有，”紧接着又摇了摇头说，“可是你帮不上忙，这办法只有龙王能做到啊！”龙王马上变回了龙王的本体，请求道：“老人家，我是南海龙王，你快告诉我这解救的办法吧，我真的不愿意再看着百姓们受苦了！”

老人没有想到自己真的见到了龙王，赶紧跪下来，热泪盈眶地说：“龙王显灵了，龙王显灵了！”一边说着一边拿起手中的奇石说道：“龙王大人，这块石头是模仿衡山的样子雕刻的，衡山上有大大小小一共三十六个洞，彼此相连，直通湘江。您可以派手下的蛟龙去山洞里引水，这样一来就能压制住地下的火焰了！”龙王听后说：“这可真是个好办法啊！多谢老人家，不过还请您将这衡山的石头模型借我一用，我好让蛟龙按照山洞的方位行动。”老人知道百姓们就要得救了，毫不犹豫地把石头送给了龙王。

南海龙王拿着衡山的模型，赶紧飞回了龙宫，又急忙将驻守在各地的八百条蛟龙都叫到自己的龙宫中。龙王把老人的办法详细地说了一遍，然后对这些蛟龙说道：“如今南岳的百姓正处于水火之中，我们不能坐视不管。有谁愿意去山洞里引水，帮南岳的百姓把湘江水引到衡山中去？”蛟龙们一听，都十分踊跃地表示，自己愿意为百姓尽一份力。龙王从这些蛟龙中选择了一部分法力强大的，让它们去衡山大大小小的山洞中驻守，时刻为南岳的百姓提供帮助。一时间，很多蛟龙都来到了南岳。有住在青龙桥底下的青龙，有住在莲花峰黑沙潭里的黑龙，有住在集贤峰下白龙潭里的白龙，还有住在水帘洞、络丝潭和九龙泉里的其他蛟龙。可以这样说，所有要用水的地方都有蛟龙的身影。

南岳的夏天十分炎热，蛟龙们就施展法术，天空立刻乌云密布，不一会儿就下起大雨，清凉的雨水把整个南岳都变得凉快起来。冬天大雪满山，地上结起了厚厚的冰，蛟龙们看见百姓被冻得直哆嗦，就施法让地下的火发出热气，供大家取暖，整个南岳又变得暖烘烘了。就这样，年复一年，越来越多的人愿意到冬暖夏凉的南岳居住了。

南岳的百姓为了感谢龙王和蛟龙们的善行，特意在山上修建了一座大庙。在这座庙的墙壁和廊柱上，还有大殿的神座上，都用上好的玉石雕刻了很多蛟龙。这些蛟龙加在一起，正好是八百条。百姓们用这样的方式来纪念这些蛟龙的义举，它们守护南岳的事迹也代代相传。

11. 斑竹千滴泪

四千多年前，中国有个名叫尧的国君。他十分英明，治国有方。尧在年迈的时候，没有将帝位传给自己的儿子，反而禅让给了一个贤明的臣子，这个臣子就是舜。尧有两个女儿，分别叫作娥皇和女英。在让位前，尧将两个女儿都嫁给了舜，并以此来考查舜的德行。舜继位后，为百姓造福，尤其是命令大禹治理好了天下的水灾，果然没有让尧失望。

在舜晚年的时候，他决定去视察九嶷山，平定那里几个部落的战乱。他的两个夫人娥皇和女英坚决反对他去九嶷山，对舜说："九嶷山实在是太危险了，如果你坚持要去，我们就和你一起去，时刻在你身边照顾你。"舜叹息着对两位夫人说："唉，那里山势险峻，你们女人家，哪里能受得了那样的苦啊！你们就放心待在家里吧，我没事的。"尽管舜一再阻拦，娥皇和女英还是固执地要跟着他一起去。没办法，舜只好在一天夜里带着随从，悄悄地离开了家。

娥皇和女英知道舜帝悄悄离开去了九嶷山，心中十分担心，就立刻收拾行李，坐着马车去追赶舜帝。两人一直走了十几天，来到了扬子江边。正好赶上大风天，江上没有船只。娥皇和女英无法过江，又没有地方可以躲避大风，急得团团转，幸好这时遇见了一位好心的老渔夫。渔夫知道她们是舜的夫人后，将她们送到了洞庭山。大风一直不停，娥皇和女英只好在山中的一间小庙里住了下来，一住就是一个多月。娥皇和女英都盼着风能早点停下，她们好去与舜帝相见。姐妹俩担心舜的安全，每天向上苍祈祷，希望舜帝能够平安无事地归来。

又过了几天，风终于停了。娥皇和女英看见湖上驶来了一艘大船，船上插的是代表宫廷的羽毛旗帜。两人激动地跑过去迎接，边跑边喊道："舜帝在哪儿？他怎么样了，有没有受伤？"然而等她们来到近前，却得知舜帝已经驾崩了。她们双手接过舜帝的遗物，跪在地上号啕大哭，侍从和士兵也都很伤心，默默地流着眼泪。

舜帝驾崩于九嶷山，尸体也埋葬在了山下。娥皇和女英想念舜帝，每天都会爬上洞庭山顶，一边哭泣一边抚摸着山上的每一株翠竹。她们眺望着远处的九嶷山，眺望着埋葬舜帝的地方。一天又一天，一年又一年，姐妹俩的泪水早就洒遍了这洞庭山的翠竹林，竹子仿佛都因她们悲伤的泪水而感动，上面都长满了擦不掉的斑点，像一滴滴的泪痕。

娥皇和女英姐妹俩因为过于想念舜帝，后来都跳进湘水自杀了。人们把她们尊为湘水之神，称她们为"湘妃"或"湘夫人"。

12．炎帝的故事

在女娲补天过去了许多年之后，中华大地上又出现了另一位德才兼备、造福百姓的大神。他就是太阳神炎帝，也是火神祝融的高祖。他们祖孙二人相互扶持，同舟共济，共同守护着中华大地上的百姓。

传说中，炎帝是牛头人身，这与他心系农业有很大的关系。炎帝十分贤德，关心人间疾苦。在他的教导下，人们学会了耕田劳作，学会了种植粮食，学会了自给自足。于是，人类可以吃得饱穿得暖，在这片土地上繁衍生息，用自己的双手建设家园。

炎帝自己开垦荒地，然后把上天撒落在人间的种子小心翼翼地埋进土壤里，悉心照料，等待它们生根、发芽、成长、收获。有一天，一只红色的小鸟用嘴叼来了一株与众不同的禾苗，上面竟然长了九个麦穗。炎帝接过禾苗后，把麦穗上的谷粒也种在了田间地头。

后来，细心的炎帝发现，人类吃了他种的这些植物的种子后变得更加健康和强壮，寿命也越来越长。从此，人类便过上了丰衣足食的日子。这个时候，人们就像一家人一样，没有高低贵贱之分。他们不分彼此，同甘共苦，一起生活和劳动，最后还一起分享收获的果实。

善良的炎帝并没有满足现状，而是继续想着用其他方法来改善人类的生活。为了提高庄稼的产量，他让太阳发出的光更加明亮，也更加温暖，照亮人类的生活。从那以后，庄稼的收成越来越高，人们的生活也更加富足。于是，人们便称呼炎帝为“神农”，以示感激之情。

炎帝发现，衣食无忧之后的人类还是会和以前一样生老病死。他通过用一根叫作赭鞭的鞭子不断鞭打各种各样的药草，来识别各种草的药性。除此之外，他还以身试药，想更加清楚地知道哪些草药是无毒的，哪些是有毒的，哪种草药可以治疗哪种疾病。因此，在试草药时中毒就成了家常便饭，最多的时候一天会中毒七十多次。即便如此，哪怕是吃下断肠草，受穿肠破肚的痛苦，他也从未停止试药。

炎帝还开辟了贸易市场，让百姓可以用自己家中多余的东西交换生活所需的其他物品，让人们的生活更加方便。

那个时候，人们还没有时间的概念，只是单纯地日出而作，日落而息。贸易交换的时间太长，地域范围又广，有时需要很长的时间才能交换到自己所需要的东西，耽误了手头的农活。于是炎帝规定在正午时分，也就是一天当中太阳最高的时候进行交易。这样就能节省很多时间，也方便大家交流。

在他的影响下，他的子孙都致力于造福人类的事业。他们不仅发明了射箭用的箭靶，还制作出了一种叫作“钟”的乐器。他们还编撰了许多至今仍然传唱的乐曲，极大地丰富了百姓们的精神生活。

13．神农尝百草

很久很久以前，漫山遍野都生长着各种植物，可是老百姓却不知道哪些是可以吃的粮食，哪些是能治病的药物。大家害怕吃到有毒的花草，因此就都靠打猎物来填饱肚子。可是，随着日复一日的打猎，飞禽走兽越来越少，百姓们都要饿着肚子过日子，再加上生病之后无药可医，越来越多的人死去了。

神农氏看着受苦受难的黎民百姓，心中十分难过。他整天皱着眉头，思考解救百姓的办法。神农氏不断地问自己："除了各种野兽之外，还有其他能充饥的东西吗？百姓生了病，难道就没有药物可以医治吗？"终于，在第三天晚上的时候，他想到了一个好办法。

第四天早上天刚亮，神农氏就带领着自己的历山同乡们出发了。百姓们都很疑惑，问道："神农氏，您这是要带我们去哪里啊？再往前走就是大山了。那些山上有很多豺狼虎豹一类的猛兽，太危险了，我们还是回去吧！"神农氏坚定地回答道："我就是要去那些山上。那里有许多奇花异草，我要把它们一一尝遍，这样就能知道到底哪些花草可以吃，哪些不能吃，哪些又可以用来治病。为了大家不再受苦，猛兽又算什么？就算失去性命，我也义无反顾！”

神农氏一行人走了整整七七四十九天，来到了一座大山脚下。他们路上多次遇到凶猛的野兽，百姓听从神农氏的指挥，用手里的神鞭不停地抽打它们，把它们赶走。那些野兽的身上被打出了一条条伤痕，有的伤痕太深，就成了各种形状的斑纹。

百姓们看着高耸入云、长满青苔的山崖，纷纷摇着头对神农氏说：“我们还是回去吧，这山崖太陡峭了，根本就爬不上去啊！”神农氏严肃地说：“百姓们还在饿着肚子，受着疾病的折磨。我们好不容易找到了一个办法，怎么能半途而废呢？”神农氏爬到了一座小山峰上四处张望，想要找到爬上山崖的办法。他所站立的峰顶，被后世称为“望农亭”。神农氏看着在古藤上荡来荡去的金丝猴，心想：既然金丝猴可以借古藤爬到树上，那我也一定可以用古藤爬到山顶去。

于是，神农氏吩咐百姓们割下藤条做成梯子，再把梯子搭在山崖上，这样就可以顺着藤条爬上去了。他们风雨无阻地工作着，花费了一年的时间，终于把梯子搭到了山顶。这种方法今天的人们仍然在用，这就是建筑行业中使用的脚手架。

攀登上藤条梯子，神农氏和百姓们终于爬到了山顶。神农氏看着满山的奇花异草，一天也不敢耽误，马上开始采摘各种鲜花和野草来品尝，之后记录下它们的味道和功效。百姓们担心有野兽来伤害神农氏，就用冷杉做成了一道围墙，又在中间搭建了一个小茅屋。这里被后来的人们叫作“木城”。

神农氏就这样一天天地劳作着，虽然他十分小心，有一天还是吃到了有毒的草。幸运的是，神农氏之前刚刚找到了一种有治病功效的红灵芝，百姓们就立刻喂他吃了一颗红灵芝药丸，神农氏这才慢慢好了起来。百姓们看着神农氏，心疼地说：“我们还是回去吧，这样尝百草太危险了，如果再发生像今天的情况可怎么办？”虚弱的神农氏一字一顿地说：“百姓们还在饿着肚子，受着疾病的折磨，我们好不容易找到了一个办法，怎么能半途而废呢？”

于是，神农氏走遍了所有的大山，尝遍了山上所有的花草。他找到了稻、黍、稷、麦、菽等可以填饱肚子的五谷，让百姓们拿着它们的种子去耕种。这样一来，人们终于可以填饱肚子了。神农氏还找到了三百六十五种有治病功效的花草，将它们全都记录到《神农本草》这本医书中。百姓们生病后，终于有药可以医治，不用再被疾病折磨了。

神农氏尝遍百草后，正打算下山回家的时候，发现当初搭好的藤条梯子已经根植在大地上，长成了一片茂密的树林。神农氏说道：“想不到我已经在这里停留了这么久，这藤条都已经生根发芽了，这可叫我怎么下山去呢？不过，百姓们已经按照我说的开始种植五谷，也知道了各种草药的功效，我在这山上待一辈子也没什么遗憾了。”正说着，就看见天空中飞来了一群白鹤。白鹤把神农氏接到了天庭，又在他所在的地方撒满了香气扑鼻的鲜花。

从此，这里终年香气弥漫，人们将它称为“留香寨”。百姓们不敢忘记神农氏尝遍百草的功绩，就将藤条长成的林海取名为“神农架”，并告诉自己的子孙永远铭记这位造福百姓的圣人。

14. 精卫填海

发鸠山位于中原的北部，在今天的山西长治境内。这座山上长着一种像桑树的柘树，树林里有一种体形很小的鸟，名字叫精卫。

这种鸟长得有点像乌鸦，羽毛是黑色的。但是它的喙是白色的，脚爪是红色的，头上长着五颜六色的羽毛。

传说中，炎帝神农氏有一个小女儿，名叫女娃。因为炎帝是主管四季、五谷、药材和太阳的神，工作十分繁忙。每天一早，他就要去遥远的东方，让太阳升上天空。到了傍晚，他又要去西方迎接太阳落下。他没有时间陪女儿，因此女娃经常自己玩。

女娃非常善解人意，当父亲出门工作时，她就去原野里采花做花环，把自己打扮得十分漂亮。每一天，当她看到温暖的太阳从东边升起，阳光下万物欣欣向荣地生长，感到高兴极了。她很自豪，因为她知道这让万物生长的光和热是爸爸为大地带来的。

有时候她还会到东方的海面上看太阳升起的景象。太阳跃出海面，发出万丈光芒，这种美景让她十分向往。她总是央求父亲带她去东方，亲眼看看太阳是怎样升起的。太阳升起的地方叫归墟，离东海有几亿万里，而且那个地方特别热。炎帝看她年纪太小，所以一直没有同意带她去。

但是归墟这个地方对女娃来说拥有无穷的魅力，她心里总是渴望去那里看一看。每次想到这个愿望无法实现，女娃都会难过。有一天，女娃终于忍受不了内心的冲动，于是在她父亲走后不久，就直接跳到了东海里，朝着归墟的方向游了过去。也不知道游了多久，可归墟还是遥不可及。这时大海上起了风暴，一排恶浪把女娃吞没了。

女娃沉入大海后，人们就再也没有看见过她了。可人们发现，女娃消失的地方，出现了一只从来没见过的小鸟。原来女娃死后，她的灵魂变成了小鸟，她头上的花环化作了脑门上的花纹，脚上的红鞋子变成了小鸟红色的脚爪。它的叫声十分尖厉，发音像是“精卫”，因此人们就用这两个字来给它命名。精卫恨死了东海，所以一刻不停地从陆地上衔来石子和树枝，朝东海里面丢。无论刮风下雨都无法阻止精卫，精卫一心想把东海填平。

精卫填海这件事感动了天神。于是水神共工降下洪水，冲下了很多泥沙，东海的海水因此变黄了。后来，人们把东海以北的这片黄色的海水起名叫黄海。

15. 无头巨人刑天

传说中，神农氏的部落中有一个人叫作刑天。刑天从小就喜爱音乐，长大以后更是写出了很多美妙动人的乐曲，在族里广泛流传。他曾经帮炎帝创作了一首名叫《扶犁》的曲子，讲述炎帝和大家一起从事农业生产的故事。由于他创作的歌曲反映了炎帝带领着人民过上的美好生活，这些音乐都被人们所喜爱。除了精通音律之外，刑天还是个著名的勇士，他手持一把巨斧，挥舞起来仿佛能劈开天地，人们都称赞他是“盘古再世”的英雄。

在蚩尤起兵和黄帝争夺天下的时候，刑天也受到了邀请。虽然支持蚩尤的刑天希望能出征讨伐黄帝，但他的部落首领炎帝是个胆小、懦弱的人，不希望自己的族人参与到黄帝和蚩尤的斗争中。最后，黄帝在战争中击败了蚩尤的军队，蚩尤本人也被黄帝杀死。刑天再也忍耐不住了，决定要独自一人杀死黄帝，为死去的蚩尤报仇。

他没有告诉炎帝，带着自己惯用的巨斧和盾牌，如下凡的战神一般杀到了黄帝的宫门前，砍死了黄帝手下的无数大将和士兵。负责守卫黄帝安全的颛顼被刑天吓得紧闭宫门，不允许将军们私自出战，并派人向黄帝汇报。

得知有个巨人一路杀到了宫门口，黄帝勃然大怒，提着自己的宝剑大步流星地走出宫殿，准备会一会刑天。看见黄帝提着宝剑走出宫门，怒火涌上心头的刑天如猛虎一般扑向黄帝，举起巨斧就劈了过去，搅动起了呼呼的风声。黄帝在打斗中发现了刑天四肢发达、头脑简单的弱点，便打定了主意，准备用稳扎稳打的办法，先消耗刑天的力气，再找准破绽一招制敌。

有了破敌制胜的办法，黄帝从容不迫地和刑天周旋，只用宝剑封住刑天致命的攻势，却并不主动攻击。同时，黄帝一边打、一边用言语挑衅着刑天，气得刑天怒火中烧，砍向黄帝的斧头也越来越用力、越来越凶狠。黄帝虽然看似被动，但实际上用自己熟练的剑术保护了自己的要害。刑天都累得开始喘气了，还是奈何不了黄帝。

两人就这么厮杀着，从地上一直打到天上，把天上飞的鸟、地上跑的动物、水里游的鱼都惊动了，打得天昏地暗、日月无光。打着打着，两人又从天上打回了地下，打到了一座叫常羊山的大山旁。由于始终不能砍伤黄帝，刑天越来越焦急，巨斧挥舞的力度也越来越大，把常羊山上的树木土地都劈得粉碎，可是黄帝还是从容地阻挡着刑天的招式，一把宝剑防御得密不透风。

刑天越是气愤、越是用力，体力越是消耗得快，喘气也越来越粗。这一切都被黄帝看在眼里，于是黄帝找了个机会，假装打不过刑天，拖着宝剑转身就跑。刑天不知道这是个陷阱，举着斧头就追，却把自己的破绽都暴露了出来。电光石火之间，黄帝猛地转身，一剑砍向刑天的脖子。刑天来不及反应，被黄帝砍掉了头颅，瞬间鲜血如泉水般涌出来。

被黄帝砍去了头颅的刑天还没有死，赶忙用左手接过斧头，用右手在地上摸索自己的头，准备把掉落的头重新捡起来安上。匆忙之间，他的大手在常羊山上来回挥动，山上生长了千余年的参天大树被连根拔起，山上的小动物都被突如其来的飞沙走石给吓得四处逃窜。

黄帝被刑天顽强的生命力吓了一跳，来不及思考便举起了宝剑，用尽所有的力量照着常羊山山顶劈了下去。黄帝用的力气是如此之大，仿佛是天上划过的一道闪电，把常羊山从正中央分为了两半。刑天落在山上的头颅便和山上的树木、石头一起滚进了常羊山的裂缝里。待到一切安静下来以后，又响起了一声巨响，被劈成两半的常羊山竟然自己合到了一起。这下刑天要想捡起自己的头颅就只能重新把山脉劈开了。

刑天知道自己的头颅已经无法被找到了，但他还是不甘心被黄帝偷袭，于是再次站起了身子，把自己胸膛上的两个乳头当作眼睛、肚脐当作嘴巴，举着巨斧再次冲向了黄帝。

黄帝看到刑天的举动，感佩刑天的刚直勇敢，便不再和他打斗。黄帝吩咐手下的两个名叫“祭”和“戚”的巫女，在常羊山上用上好的犀牛角盛满酿造的好酒，架设好祭台、摆满祭品，祭祀刑天的亡魂。就这样，刑天的尸体终于停止了动弹，静静地倒在了地上。

16. 黄帝四面

据传说，黄帝是三皇五帝中对华夏民族影响最深远的一位。“炎黄子孙”这个称呼，也正是发源于炎帝和黄帝。

炎帝和黄帝都是少典氏的后代，黄帝的母亲叫作附宝。附宝在结婚以后很多年都没能生下孩子，整日整夜忧虑得睡不着觉。这天，失眠的附宝来到院子里，望着满天的星斗祈祷。突然，天空中的北斗七星出现了异状，七星中的天枢星被一道刺眼的火光围绕，散发出炫目的光芒。附宝在突如其来的光芒下感到天旋地转，当天夜里便有了身孕，怀胎两年以后终于生下了黄帝。

黄帝刚刚出生的时候，身上便散发着奇异的光彩。他长着四张脸庞，能同时观察到四周的动静，甚至连天上和地下的飞鸟鱼虫，黄帝也都能看到。

黄帝尚在幼年时，炎帝因为自己的仁慈和善良而被百姓拥护，逐渐统治了姜水流域。随着时间的推移，成年后的黄帝也统治了与姜水相邻的姬水流域。虽然他们是血脉相连的同族兄弟，但由于势力范围的碰撞，炎帝和黄帝还是在阪泉附近的旷野中爆发了战争。

在几番激战之后，炎帝不敌黄帝，败退到了南方。不甘失败的炎帝氏族又接连与黄帝发生了几轮战争，却依旧以失败告终。最后，黄帝又相继打败了蚩尤和刑天，成为华夏大地的统治者。

实现了中原的统一之后，黄帝把德、贤和才能作为任用官员的标准，还将天下划分为九州，施之以仁政，用孝、慈、文、信、言、恭、忠、勇、义这九种品德教化百姓。

黄帝册封了负责观测天象的官员，从而制定了便于农业生产的历法；带领着文武官员教导百姓建造房屋、种植稻谷、养蚕织布；把天下万物都统一命名，方便称呼。百姓们都过上了富足安定的生活，因此对黄帝感激不尽。

在晚年，黄帝发明了用来祭祀的鼎。当匠人们按照黄帝的设计造出第一个鼎的时候，天上降下了威武、高贵的神龙在空中翱翔，龙身划过天空的时候，发出耀眼的金光，卷起阵阵清风。

龙在天际盘旋一周后，缓缓落在了黄帝面前，对惊讶不已的黄帝温和地说："天帝感谢你带领着中华民族和天下百姓们取得的进步，特意派我来带你到天庭参见天帝。"黄帝答应了龙的请求，便跨上了龙背。他嘱咐各位大臣，要好好对待黎民百姓，不得做伤害天下的事。话音未落，巨龙便带着黄帝腾空而起，飞上了天空。

大家仰头看着黄帝骑着龙消失在了一望无际的天空中，纷纷感慨只有像黄帝这样的伟大高贵的圣主才有上天庭拜见天帝的资格。为了缅怀这位心系天下、爱民如子的领袖，群臣和百姓都纷纷把黄帝登天的地方称作“鼎湖”。后世也都把贤明、伟大的君主去世称作“龙去鼎湖”。

17. 大禹治水

在黄帝统一了华夏部落之后，他的后代里有一位子孙名叫鲧。鲧年长时有了一个儿子，名字叫文命，也就是我们熟知的大禹。

尧在位的时候，中原大地上水灾肆虐，滚滚而来的洪水无情地吞噬着农田、村庄，甚至人们的生命。遭遇水患的人们只能收拾起家当和行囊，挥泪告别祖祖辈辈生活的土地，背井离乡，开始流浪。目睹水灾带来的残酷景象，尧下定了决心：一定要治理水患。

一天，尧召集了手下的所有大臣，和大臣们说明了治理水患的决心，询问大家谁可以担当起治水的重任。

听到尧的发问，大家都一致推选鲧——也就是大禹的父亲，负责治水。虽然认为鲧难堪大任，但是苦于实在没有可用的人才，尧还是起用了鲧，治理泛滥的水灾。

从被委任治水到尧退位，在长达九年的时间里，鲧依旧没能在治水上取得进展，反而开始消极怠工，玩忽职守起来。尧退位后，舜开始掌管朝政。然而水灾这一日益严重的问题依旧摆在这位新上任的王面前。他首先罢免了治水不力的鲧，于是鲧被流放到了羽山，直至终老死去。

流放了鲧以后，舜和尧一样，向大臣们询问治水的人选。这次，鲧的儿子禹被推选到了舜的面前。推选他的大臣们列举了他的种种优点：谦逊、认真、简朴、踏实肯干等。以贤明著称的舜当然不会因为禹是罪臣儿子的缘故拒绝大臣们的建议，而是把治水的重任交给了大禹。

正如舜不顾鲧的过错而任用大禹一样，大禹也没有因为父亲的死而对舜心怀敌意，而是兢兢业业地投入到了治理水患的工作中，希望用自己的努力弥补父亲酿下的错误。

考虑到治水的工作困难重重，知人善任的舜又委派了伯益和后稷两位贤能的大臣来协助大禹，共同为治理好泛滥的水灾努力。

当时大禹正值新婚，他的结发妻子涂山氏是一个美丽、善良的女性。在得知大禹承担起了治水的重任后，涂山氏虽然十分不舍，还是挥泪和自己的新婚丈夫告别，目送大禹踏上了治水的漫漫长路。

禹和伯益、后稷一起，带着一批助手，就这样开始了治水的艰难旅程。无论是高山大川，还是江河湖海；无论是村落市集，还是穷乡僻壤，都留下了他们的足迹。他们一步一步走在治水的路上，春去秋来，岁月变迁。沿途上，他们看到数不清的人因为水灾流离失所、举家迁徙，在洪水中苦苦挣扎。无数的陌生人对前来治水的他投来期望感激的目光，耄耋之年的老人用颤巍巍的双手送给他全家最珍贵的礼物。大禹在感动之余，更是增添了治理水灾的决心与勇气。

左手的准绳，右手的规矩，陪伴着大禹走过了中华大地的每一个角落，丈量了每一寸河山。与父亲采用的堵截方式不同，大禹采取了疏导的方法来治理水灾。经过准确的测量，大禹发现了一个个需要疏导的地点。他来到位于这些地点的部落，号召大家一起来改造家园，与大家同吃同住，一起劳动。他们在一起畅想有一天大地上不再有水患，哪怕手上的工具十分简单。

治水之余，大禹就住在一间简陋的茅草屋里，衣食住行甚至比不上普通的百姓，但在治水需要的时候，他却从来未曾节省和犹豫，而是把自己所有的积蓄都投入到了治水的事业中。

就这样，几年的时间过去了，离家时刚刚完婚的妻子已为他生下了小孩。大禹在治水的路上三次路过自己贫寒而又温暖的家，他都强忍着内心的思念，没有踏进家门一步。他知道，门的另一端是阔别已久的妻儿，但门的这一端，有无数人的家庭等待着他去挽救。

在治水的大局观上，大禹同样具备智慧。他将天下划分为冀、青、徐、兖、扬、梁、豫、雍、荆九州，先治理九州之内的土地山川，化荒野为沃土，再依次向土地外部的山脉扩展。

岐山、荆山、雷首山、太岳山、太行山、王挝山、常山、砥柱山、碣石山、太华山、大别山，这些高不可攀的山岭，也都见证了大禹坚毅的身影。也正是在他的努力下，山脉的水道得以疏通，水流得以通畅，从上往下，流至各大河流湖泊。

治水的道路上并不总是一帆风顺，面临困难的局面时，大禹也总能想到独特的办法，因地制宜。以治理黄河上游的龙门山为例，当大禹将黄河水从甘肃的积石山一路引流到梁山的时候，他发现在梁山北面的龙门山恰巧挡住了水流的步伐。经过仔细观察，解决问题的唯一办法就是把龙门山凿开。而为了节省工程的消耗，大禹想到了一个绝佳的办法，就是在山体最脆弱的地方开了一个八十步宽的小口，从而把水流顺利地引过了龙门山。由于龙门山挡住了顺流而下的鱼群，过往的鱼儿纷纷纵身上跃，希望能跃过大山，游向更广阔的天地，于是便有了“鱼跃龙门”的佳话。

整整十三年过去了，在大禹的治理下，为祸中原的洪水终于不再侵害勤劳耕作的百姓。也使大江大河从让人避之不及的灾难变为滋养文明的水源，见证中华民族在这片土地上安居乐业，繁衍生息。

而中华民族世代生活于其上的这片土地，也因为大禹而多了一个称呼：“禹域”。为了感念这位治水英雄，人们在各地纷纷建起了庙宇和殿堂，纪念他一生的功绩。

18. 杜康酿酒

说到杜康，人们都知道他是一位跟随黄帝的大臣。

黄帝为了团结各族人民而创建了部落联盟。后来神农氏尝遍了百草，教人们学会区分五谷后，部落里的人们开始耕地，并以种植粮食为生。黄帝派杜康管理粮食的种植，杜康当然十分尽职。当时的气候十分适宜种植粮食，再加上土地十分肥沃，使种植的粮食每年收成都很好，除了自给自足之外还能有剩余。但因没有专门放粮食的地方，杜康也不懂得如何正确地保管粮食，就把多出来的粮食储藏在了潮湿的山洞中，时间长了，粮食都发霉不能食用了。黄帝知道粮食都坏了后，大发雷霆，撤了杜康的职，让杜康只负责粮食的看管，并对杜康说，如果粮食再出问题就要杜康的命。

从粮食生产管理的大臣降为普通的粮食保管员，杜康很伤心，这时他想起了历史上有所发明创造的嫘祖、风后、仓颉等人，个个都立下了汗马功劳。相比之下，自己一无是处还惹怒了黄帝，顿时豁然开朗，不再伤心难过。他在心里对自己说：“既然黄帝把保管粮食这件事交给我做，我就一定要做好这件事。”后来的一天，杜康来到了森林里，在一片开阔地中发现了几棵空心的大树。他灵光一闪，想到把粮食放在树洞里保存，会比放在山洞里等着发霉要好。这样想着，他便开始行动起来。他首先把树林里所有能找到的枯树的树洞清空，再花了几天时间把当年的粮食全都放进了树洞里。

经过两年不断的风吹、日晒、雨淋，没有人知道放在树洞里的粮食竟然渐渐地发酵了。某日，杜康来到山上检查粮食，却看见了几只山羊、野猪和兔子全都躺在一棵存放粮食的枯树周围。他以为这些动物都死了，可是走近后才知它们只是睡熟了。杜康不知道是什么原因造成的，正觉得奇怪。这时一头野猪醒了，见到旁边有人，吓得立即逃窜进了树林。随后山羊和兔子也一一醒来，紧跟着逃进了树林。杜康上山时没有带上打猎的弓箭，也就没有去追赶这些逃走的动物。他正准备下山的时候，看到两只山羊正在树洞前舔着什么东西，他赶忙躲在一棵大树后面偷偷地看着。两只山羊舔了一会儿，就开始站不稳了，走了几步竟倒在了地上。杜康迅速奔过去，抓住了两只山羊，随后开始仔细地查看山羊刚才舔过的地方。不看不知道，一看吓了杜康一大跳。只见有水正从装有粮食的树洞上的一道口子里不断往外流出。倒下的动物们似乎都曾舔过这种水。杜康凑近闻了闻，发现这种水清香四溢，引得他也抵不住诱惑喝了一口。辛辣的味道虽然有点呛口，但是十分美味，令他欲罢不能，连喝了好几口。不喝还好，只是杜康还没等尝够，忽然间觉得头晕目眩，踉跄了几步，便身不由己地倒在地上呼呼大睡起来。也不知过了多久，等他醒来，看到之前捆住的两只山羊逃走了一只，剩下的一只正在拼命挣脱绳索。他翻身站起来，顿时觉得自己精神百倍，浑身有使不完的力气，竟然不小心把正在挣扎的那只山羊踩死了。他顺手取下了随身带着的尖底罐，盛了半罐这种味道特别的水带回了山下。

回到山下，杜康把自己的所见所闻告诉了一起保管粮食的同伴，并让大家品尝了这种味道香浓的水，大家都觉得此事有些不寻常。有人说应立即报告黄帝，也有人不赞成，怕黄帝知道此事只会更生气。因为上次粮食霉坏，杜康已被降了职，这次粮食变成水，就算黄帝不杀杜康，也不会让杜康好过。杜康听了大家的议论后，却镇定地安慰大家："事情已经发生了，不论结果如何，都应该把真实的情况告诉黄帝。"说完，他就拿起尖底罐去黄帝那里汇报了。

黄帝完整地听杜康把事情的来龙去脉说了一遍，又细细地品尝了这种神奇的水，马上把这件事通知了身边的大臣们。大臣们知晓后，都认定这种水只是粮食中的一种元气，没有毒性。黄帝这次没有责罚杜康，而是命令他继续研究这种水，看看其中有什么特别的地方。黄帝又命令仓颉给此水命名，仓颉脱口而出：

“此水味香而醇，饮而得神。”于是随手写下“酒”字。黄帝和大臣们都觉得恰如其分。

这件事就成为我国古代酿酒事业的开端，后来的人们把杜康尊称为酿酒的始祖，世代纪念他。

19. 共工怒触不周山

在古老的传说中，黄帝的孙子颛顼，以高阳氏为号，是上古五帝之一。他从小就很聪明，足智多谋，遇到事情的时候，总是能想出很多解决的办法，因此获得了百姓们的一致认可。他管辖的领域范围比以前广了许多，向北一直到现在的河北省，向南一直到南岭以南的地方，向西一直延伸到甘肃省，向东甚至包含了东海的一些小岛。文学典籍中曾经记载，凡是他去视察民情的地方，部落的百姓都热情地欢迎他。

但是，人无完人。他虽然为百姓做了很多事情，但是他也做了一些不合情理的事。比如，他规定妇女和男人在路上相遇时，妇女必须主动给男人让路，否则就会受到惩罚。当时男尊女卑的局面已经显现出雏形，这个规定让妇女的地位再次下降，男人的地位得到提高和确定。那个年代，天下划分为不同的部落，其中，共工氏就统领着另外一个部落。传说中，他长相十分怪异，人头蛇身，留着满头的红色头发，还让两条龙给他当坐骑。

据说，共工氏是炎帝的后代，以姜为姓氏。他是神农氏之后的又一个积极推动农业发展的人。他认为农业是部落发展的根本，必须重视农业发展，大力兴修水利工程，来提高农作物的产量。

子承父业，共工的儿子后土受父亲的影响很大，也十分熟悉农业发展规律，立志要用自己的力量来促进农业发展，造福百姓。他观察作物种植、研究土壤成分、分析地势变化，获取了第一手资料。为了更好地浇灌农作物，共工氏决定修整土地，把地势高的地方的土填到低洼的地方，让农田变得更加平整。这样不但便于更好地浇灌土地，还能扩大农田的面积。

但是，共工氏的做法并没有得到颛顼的认可，反而让颛顼认为共工氏没有事前和自己商量，擅作主张，丝毫没有把自己放在眼里，是对自己的不尊重。想到这里，颛顼很生气。于是，他就指责共工氏的这种做法是会招来灾难的。事情愈演愈烈，两个部落之间也兵戎相见，他们两个也开始争夺部落的领导权。

共工氏力气大，颛顼足智多谋，两个人各有千秋，不分胜负。于是，颛顼就想出了一个办法，利用人们比较敬畏自然的心理，借助鬼怪的传说，让人们相信他是对的。支持颛顼的人越来越多，大家都和他一起来反对共工氏。共工氏发现百姓不再拥护他，却更加坚定了自己的信念，继续兴修水利和平整土地的计划。为了让人们相信他的决心，他决定身撞不周山（也就是现在的昆仑山），以死明志。

众所周知，不周山是天地之间的支柱，如果它被撞断，天下必然会发生巨变，后果不堪设想。这一天，共工氏坐着飞龙坐骑，来到不周山的山腰，用力撞了上去。刹那间，传来震耳欲聋的轰鸣声，只见山崩地裂，天地为之动摇。不周山真的被他撞断了，天上的太阳、月亮和星星的位置都被改变了，原有的大山和大河也都消失不见。原本平衡的天空和大地开始变得倾斜，大地西北方升高，东南方降低，水也开始从西向东流，汇入东方的大海。天上的星星也开始东升西落，周而复始，从不改变。

共工氏的大无畏精神和自我牺牲精神让人们钦佩不已。于是，他死后，人们便尊称他为水师，也就是掌管水利的神。他的儿子也成为社神，也就是人们通常所说的土地神。再后来，人们经常用“苍天后土在上”作为誓言的开始，代表了对共工氏的敬仰。这种习俗一直延续到现在，由此可以看出他对人们的重要影响和在人们心中的分量。

20. 嫘祖养蚕

传说在很久很久以前，有一个小村庄坐落在中条山以北的桑林边。由于茂密的桑林遮挡住了太阳的光线，村庄经常笼罩在阴影里，因此被叫作西阴。

西阴村里住着一位善良、美丽的姑娘，她有一个好听的名字叫作嫘祖。嫘祖的母亲因为疾病很早就过世了，她的父亲则是黄帝旗下的一员猛将，经常在外打仗，只留下她和一匹可爱的小白马在家中度日。

每当嫘祖思念起在外征战的父亲，她总是抚摸着小白马的鬃毛，向它诉说哀愁。这天，又到了中秋佳节的夜晚，村庄里各家各户发出的欢声笑语让嫘祖不由得流下泪来。站在她身旁的小白马走近了嫘祖，用自己的舌头轻轻舔着她脸上的眼泪。嫘祖非常感动，她托着小白马的头，边流泪边笑着说：“小白马呀，倘若你真的理解我的忧愁，请帮我到军中带回我的父亲，我就和你结成夫妻。”话音未落，马儿便立起了前蹄，对着夜空一声长嘶，朝着边塞的方向狂奔了出去。

嫘祖的父亲正在边关和敌人作战，突然看到自家的小白马跑到了自己身旁，对着家乡的方向又蹦又跳，还一个劲地在背后推着自己往家走。嫘祖的父亲害怕家里出了什么事情，便急匆匆地和白马一起回了家。

日夜奔波赶路，一人一马终于回到了家。父女二人得以团聚，都十分高兴，互相诉说着自己的近况。小白马看到自己被冷落在了一边，便突然嘶叫起来，想要提醒嫘祖兑现许下的承诺。嫘祖赶忙拿出最好的饲料喂给小白马，可是小白马一点也不吃，还是不停地叫着。父亲觉得奇怪，于是问嫘祖是怎么一回事。在父亲的追问之下，嫘祖说出了自己答应要嫁给小白马的承诺。她的父亲很是生气，哪有让自己的女儿嫁给一匹马的道理？他抽出弓箭射死了小白马，还把马皮给剥了下来，随手丢在了院子里。

父亲重回了战场。嫘祖十分后悔，跪在院里小白马的马皮前，想着之前和小白马相依为命的那些日子，不由得流下了眼泪。说来也巧，嫘祖正哭着的时候，邻居家的女孩雪花来到嫘祖家，看到这个景象很是好奇，便向嫘祖追问起来。嫘祖隐瞒不下去，便把实情告诉了雪花，没想到雪花听了以后也和嫘祖的父亲一样生气，用脚狠狠地踩着马皮说：“你这个牲口，还想娶我嫘祖姐姐！呸！”嫘祖还没来得及阻止，院里的地上突然刮起了一阵狂风，把马皮吹得飘了起来，把雪花紧紧地包裹起来，向着村外的桑林飞走了。

嫘祖此时顾不得害怕，朝着空中的马皮紧追过去。她一边用力地跑着，一边朝着马皮飘走的方向大声喊着雪花的名字。追啊追、跑啊跑，一直到了桑林里，还是没能找到马皮和雪花的影子。

就这么跑着跑着，天慢慢地黑了下来，嫘祖感觉自己的身上实在没了力气，再也跑不动了，便躺在一棵桑树下进入了梦乡。等到睡醒以后，她突然听到了一阵窸窸窣窣的声音，抬头一看，发现裹着雪花的马皮就挂在这棵桑树的树杈上。嫘祖试图爬上树把雪花解救下来，却发现马皮竟然越来越小，最后成了拇指大小的一个白色绒毛团紧紧地固定在了枝头，任凭嫘祖怎么用力都摘不下来。嫘祖只能每天都来查看。

过了几天，一只美丽的小白蛾从白团里飞了出来，眼睛和眉毛都像极了雪花姑娘。嫘祖更加好奇了，经常来看望它。

直到有一天，嫘祖发现小白蛾突然死了。嫘祖十分伤心，也十分自责，觉得是自己没有照顾好它。她想要找到害死小白蛾的害虫，却发现了好多小黑粒粘在桑叶上。这些小黑粒慢慢变成了在树叶上蠕动的小黑虫，还不断吃着桑树上的桑叶。一天天过去，这些小黑虫越来越多，逐渐变成了小白虫。这些小白虫长得很可爱，像极了之前被父亲杀死的白马，而雪白的颜色又像是雪花姑娘姣好的皮肤。

嫘祖从这些小白虫里看到了小白马和雪花姑娘的影子，便小心翼翼地把它们都带回了家。她在家里的竹篮中铺上自己精心采摘的桑叶，作为小白虫们的家。日子就这么过去，小白虫们也都慢慢长大了，还吐出了一缕一缕银色的丝线。看着这些小白虫，嫘祖又一次想到了因为自己而死的小白马和雪花姑娘，便给它们起名叫作“蚕”，而它们吐出的丝线也自然被称作“蚕丝”。

后来，黄帝击败了自己的死对头蚩尤，在军帐里摆下了宴席，慰劳一起征战的将士们。许多将军、士兵和黎民百姓都送来了各式各样的奇珍异宝，嫘祖则把自己养的蚕所吐出的蚕丝送给了黄帝。黄帝看着美丽动人的嫘祖捧着洁白如玉的蚕丝，便喜欢上了眼前的这个姑娘。嫘祖的父亲也很高兴，同意女儿嫁给黄帝。

从这以后，在黄帝的推广下，养蚕业流传到了全中国的各个地方。蚕和蚕丝的发源地，当然也就是嫘祖的家乡：西阴。

21．仓颉造字

传说中，仓颉是黄帝手下的官员，奉黄帝的命令管理各种牲畜和粮食。开始的时候，牲畜和粮食的数量还很少。随着数量的增加，仓颉光凭记忆力已经无法记住了，这让仓颉感到很苦恼。

仓颉没日没夜地想，自己到底该怎样才能将那些数目记住呢？他先是找来了一根绳子，在绳子上打结来记录数量，并根据牲畜种类的不同使用不同颜色的绳子。可是时间长了，仓颉发现，这种办法在数目增加的时候使用很方便，但当数目减少时，就很难把结解开了。仓颉又想到在绳子上系个圈，用贝壳挂在中间来代表自己管理的东西。数目增加时就挂上贝壳，数目减少时就将贝壳拿下来。这个办法更方便实用，因此延续了很多年。

黄帝知道仓颉管理数目的才能后，又派他去记录每年祭祀的次数、每次狩猎的分配、部落人员的变化。仓颉要负责的事情越来越多，这可又让他苦恼了。绳子和贝壳的方法难免会出现差错，怎样才能准确地记录呢？

有一天，仓颉参加了一场狩猎，在一个三岔路口看见几个老人在争吵不休。其中一个老人要向东走，因为他知道东边有羚羊；另一个老人说要向北走去追赶野鹿；第三个老人坚持要向西走，说如果去晚了就打不到老虎了。仓颉听得很疑惑，就问道：“老人家，你们是怎么知道哪个方向有什么动物的呢？”一个老人回答说：“你看这地上野兽的脚印不就知道了？”仓颉这时突然想到，每种野兽都有独特的脚印，那么他也可以给自己管理的东西都创造一个独特的符号。仓颉兴高采烈地跑回家，立刻开始创造起符号来。使用这些符号，仓颉把事情管理得十分有序，也因此获得了黄帝的称赞。黄帝命令仓颉将这种方法教给各个部落，大家慢慢都学会了，这些符号就是最早的文字。

聪明的仓颉造出了文字，人们对他赞赏有加。仓颉越来越出名，也因此有点自大狂傲起来了，什么人也瞧不起，造字也越来越不认真。这件事被黄帝知道了，黄帝很生气，他不希望自己手下的大臣变得目中无人。黄帝于是找来了族中的长者商议，要想出一个办法让仓颉意识到自己的错误。这位长者的胡须上有一百二十多个结，这证明他已经一百二十多岁了。老人想了想，就去仓颉那里找他了。

此时的仓颉正在教部落里的人们认字。老人坐在人群后面，和大家一起学习着。等到学习结束，其他人都回家去了，只有老人没有离开。仓颉上前询问：“老人家，你为什么还不回家去呢？”老人说：“仓颉啊，我这岁数大了，眼睛不太好用，有几个字我到现在还不太明白，你能不能教教我呢？”

仓颉看这位老人家这样尊重自己，心里乐开了花，就让老人快点说。

老人说：“这马、驴、骡和牛都是有四条腿的，可为什么你造的‘马’‘驴’‘骡’这几个字都有四条腿，偏偏这‘牛’字就只有个尾巴呢？”仓颉听到这里有些心虚，因为自己的粗心，把“鱼”和“牛”这两个字弄颠倒了，这可怎么办才好呢？

老人又说：“你造‘重’字的时候，意思是离家千里，因此应该是出门的‘出’字，可你告诉人们这是‘重’字。与之相反的，‘出’字是两座山叠在一起，表示重量的意思，你却告诉人们这是‘出’字。我这年纪大了，脑袋有些不管用了，因此特意来向你请教。”

仓颉早就羞得脸发红了，意识到自己的自大已经酿成了大错。但是这些字已经流传很广，无法再改正了。仓颉赶紧跪下向老人道歉，乞求原谅。老人语重心长地对仓颉说：“仓颉啊，你造字是做了件天大的好事，部落的人会永远感激你的。可是你要知道，做人一定要保持谦逊啊！”

从这天开始，仓颉创造新字时会认真地思考，还会询问别人的看法，大家都同意了，他才会将字传出去。仓颉再也不敢粗心大意，骄傲自大了。

22. 百鸟之王少昊

传说中，黄帝负责掌管宇宙。他位居中央，和伏羲、炎帝、少昊和颛顼四人一起，分别镇守宇宙的五个方位。

在天上有一个美貌的织女叫作皇娥，负责在天宫里整日整夜地纺纱织布。她织出的锦缎仿佛天边五彩的云霞般绚烂美丽。在休息的时候，皇娥总喜欢驾着小舟在银河里欣赏风景。这天，皇娥又乘着木舟来到西海的神树穹桑边，眺望银河的风景。这神树穹桑是在盘古开天辟地时埋下的种子，如今已长到了足足八百丈，每一万年才开花结果一次，散发着悠远、缥缈的清香。

恰巧，黄帝的侄子金星也在穹桑下歇息，他是个俊俏、伟岸又待人温柔的少年。一番交谈之后，皇娥和金星很快就生出了好感。两人站在穹桑树下，清新的香气伴随着和煦的微风，少年的琴声飘荡在浩渺的银河里，和皇娥的歌声一起相映生辉。连银河里的鱼儿都兴高采烈地跳出河面，想要目睹这对璧人的美貌。没过多久，皇娥和金星便结成了夫妻。又过了一年，生下了一个健壮的男孩，起名叫少昊。

因为父母在穹桑下相识，因此少昊又叫作穹桑氏，他的原形是一只展翅高飞的金雕。长大以后，少昊来到了一座和东海远隔万里的海岛，建立起了自己的王国。王国里的官员和子民都是来自各地的鸟类：精通天时的凤凰掌管历法；英勇彪悍的鱼鹰负责护卫；孝顺温柔的鹁鸪主管礼教；聪明机智的布谷鸟规划建设；严谨威武的苍鹰裁决律法；金、陶、皮、染、木这五个工种则由手巧的野鸡负责；春播秋收交给了擅长耕作的扈鸟。王国里的一切事务都在少昊的安排下井井有条地运作着。

少昊掌管他的王国时，他的侄儿，也就是黄帝的曾孙颛顼曾经来岛上拜望他。叔侄二人久未见面，聊得十分投机。于是少昊便让侄儿留在岛上，亲自教导他管理政务、弹琴唱歌。等到颛顼长成了英武的少年，便辞别少昊回到了自己的封地。想念侄儿的少昊，便把曾经用来教导颛顼的古琴扔进了大海，不愿再抚琴歌唱。而每到天朗气清的时节，总是有清澈婉转的琴声从大海深处传来，据说这就是少昊的古琴在海底独自鸣唱。

又过了很多年，少昊被黄帝封为西方金德之帝，只得离开了自己的百鸟王国，带着自己的幼子蓐收骑着双龙回到了西方世界。回到了西方以后，少昊和蓐收分别住在长留山和泑山上，保护着西方三十六国的平安。每到夕阳西下的时候，父子俩都会坐在高耸入云的大山上，检查太阳反射的光芒是否平稳。而这对父子的背影也和高山夕阳一起，汇成了一幅美丽壮阔的画面。因此少昊和蓐收也被叫作员神和红光。

23．吴刚砍桂树

在很久很久以前，有一个叫吴刚的小伙子。他勤劳勇敢，朴实忠诚，和老母亲一起住在湖北咸宁的一座名为挂榜山的大山脚下。有一年，咸宁暴发了一场凶猛的瘟疫。大夫们翻遍医书，想尽各种手段也不管用。几乎三分之一的百姓都染上疫病去世了。这时，吴刚的母亲也卧床不起了。为了救她，孝顺的吴刚每天都上山寻找能治疗疫病的药材。八月十二日这天，吴刚正不顾危险，在峭壁上采药，恰好被路过的观世音菩萨看到。菩萨被吴刚感动，想到自己可以帮这个小伙子一下，于是在晚上托梦给吴刚，叫他在中秋节那天去挂榜山顶，通过天梯去月宫找木樨树。这种树一年开一次花，这种小花是金黄色的，也叫桂花。用花朵泡水喝，就能治好瘟疫。

吴刚醒来之后很着急，因为还有三天就是中秋了。挂榜山非常险峻，平时要花七天七夜才能到达山顶。但若是八月十五日不能到达月宫，就必须等到明年才有机会摘桂花了，而患病的百姓和母亲等不起这么长的时间。为了大家，吴刚决定冒险一试。他不眠不休彻夜赶路，越过七道山涧，攀登七座绝壁，终于奇迹般地在中秋当晚赶到山顶，登上了通往月宫的天梯。

刚踏入仙雾缭绕的月宫，就有一阵桂花的香气传来。吴刚循着香味看去，只见远处有一大片金色的云彩。待他走近才看出，原来那是开满了花朵的桂花树。终于找到了救命的药，吴刚开心极了。他摘下大把大把的花朵，不一会儿就把口袋装得满满的。然而吴刚还是觉得这样带回去的太少了，他想救母亲，也想救全咸宁的百姓。他左思右想，怎么才能把这满树的桂花都带回去呢？他向下张望，正巧看到月宫下的挂榜山，山上的溪流在山脚汇聚成了一条河。吴刚见此有了主意。他用力摇动着桂花树，使树上的花朵纷纷飘下月宫，飘入了山下的河中。这么一来，整条河都被染成了绚烂的金色，带着清香流进了咸宁城。喝了河水的百姓们顿时康复了，他们赞叹这救命的水，简直比黄金还要贵重，因此将这条河命名为金水，也叫淦河。

吴刚摇动桂花树时，天宫的神仙们正聚在一起赏月，突然一阵浓烈的桂花香扑面而来。神仙们十分诧异，连忙派人去看是怎么回事。来到月宫的侍者一看，可不得了。月宫中最珍贵的神树变得光秃秃的，树上的桂花全撒到人间的淦河里了。玉帝接到侍者的回报，大为恼火，因为做月饼馅的桂花没了，今年赏月时就吃不到自己最爱的月饼了。

玉帝马上派天兵天将把吴刚抓了过来。吴刚并不害怕，只是诚实地将当晚的事情告诉了玉帝，希望用桂花拯救世间众生。玉帝心中感叹小伙子的义举，觉得自己再为桂花生气，未免太过小气。然而天庭的法规不可违背，玉帝还是要对吴刚进行处罚，于是他对吴刚说："桂花树可以让你带走，只要你能把它砍倒。"然后给了他一把斧子，放他去砍树。其实这是个两全的办法，既能将桂花送至人间，也能借此惩罚吴刚。因为玉帝施了法术，桂花树被砍几斧，瞬间又能长回几斧。吴刚急切地砍了好久，大树却依然纹丝不动。就这样，吴刚留在了月宫。每年中秋之夜，思念故乡和亲人的他，都会折下一枝桂花，丢到挂榜山上。转眼几千年过去了，吴刚依然在月亮上砍着树，丢下的桂花也已长满了挂榜山。咸宁城的百姓们将桂花摘来泡茶喝，从此再也不受瘟疫侵害了。

24．龙伯钓鳌

从前，有一个地方名叫“归墟”。人们都知道它的名字，却不知道它到底是什么样子的。其实，归墟是一条深不可测的沟壑，与渤海相隔亿万公里。没有人知道归墟到底有多深。它是大海和银河的终点，所有的海水和天空中银河里的水都会流向归墟。

随着时间的流逝，流入归墟的海水越来越多，整个归墟就像是一个无边无际的大海。就算是几万年没有海水流入，这里也不会干涸。但是尽管如此，归墟却并不全是海水。它的上面浮着五座山，分别叫岱舆、员峤、方壶、瀛洲和蓬莱。山上盖有很多精致的楼房，这些楼房是用碧玉和金银筑成的，在阳光的照耀下闪闪发光。

除此之外，山上还有各种十分奇特的珍贵植物，还有很多别处无法见到的小动物在这里快乐地生活着。这里的花朵不仅外表漂亮，还散发着迷人的芬芳。这里的果子不仅格外鲜美，而且还有一个特别的功能，只要吃上一口就能让人长生不老。山上住着一群长着翅膀的人，他们叫“羽人”。这些羽人能够在五座山上飞来飞去，就像是自由自在的小鸟。每天，他们都飞到别的山上跟其他羽人一起玩耍。

归墟上的山是没有根基的，山与山之间也彼此隔断，所以这五座山一直在海面上漂浮着。每当刮风下雨，海浪翻滚不止，山也会跟着左右摇摆。有时候，山会漂到归墟的边界。这时，所有羽人就会一起把山划回去，不让山漂出归墟。

羽人不喜欢这样在海面上四处漂浮，于是他们就找到玉帝，想要让玉帝帮助他们把山稳定下来，好让他们过上安定的生活。玉帝其实早就知道这件事，他也不想让海水把五座山冲走。如果山被海水淹没了，那么羽人就没有地方可以住了。于是玉帝找来了海神禺强，希望他可以帮忙解决这个难题。

禺强接到这个任务后，就钻入归墟之中，找来了三只体形巨大无比的鳌。三只鳌同时抬头，岱舆山就被它们顶起来了。“这个法子还真不错！”禺强想。随后，禺强再次钻入归墟之中，他继续寻找巨鳌，让它们把其他四座山也顶起来。就这样，五座山都固定下来了，无论风吹雨打，山再也不会漂走。羽人终于有了一个安稳的家了。

当时的世界上还居住着一群巨人，他们有三十丈高，而且寿命有一万多岁。他们住在位于昆仑山之北的龙伯国中。一天，有个巨人想要去外面的世界看看，于是他就走出了龙伯国。他一步就能走很远，所以没走几步，他就来到了渤海。他一下子跳入海中，可海水还没有到达他的膝盖。他继续向前走去，走着走着就走到了归墟的边界。他把归墟中的大山当成凳子，把大树当作渔竿，把鲨鱼当成鱼饵，然后开始钓鱼。

很快，他的渔竿就动了。可当他提起渔竿来一看，上钩的并不是鱼，而是一只龟。巨人取下龟后，又继续钓着。没过多久，他就钓起了六只龟。巨人很高兴。他把钓上来的龟带回家，然后把龟煮熟吃掉了。那天夜晚，巨人睡得很香。

可他哪里知道，归墟却发生了一件惊天动地的事情。当晚，海上的风特别大。岱舆和员峤两座山因为没了巨鳌的支撑随风漂走了。最后，两座山都沉入了海中。因为这件事是在晚上发生的，所有羽人都在睡觉，所以，当山沉没的时候，只有少数羽人飞上了天，其余的羽人都没能得救。

山沉没了，羽人没有地方可以住了。他们很恼火，于是飞上天庭向玉帝汇报。玉帝得知真相后非常气愤，他立刻召集兵将，下令将巨人抓起来。这时，风神箕伯却说："请陛下先不要生气。巨人的先祖是龙，他们个个身强体壮，并且脾气暴躁。不到万不得已，还是不要激怒他们的好。如果他们起兵对抗，那就一发不可收拾了。"玉帝也觉得箕伯说得很对，于是收回成命，让兵将全部退下。玉帝说："我不用兵也能解决这件事。"

到了晚上，龙伯国的巨人全部睡着了。玉帝从天上飞下来，绕着龙伯国走了一大圈。神奇的是，在玉帝走过之后，整个龙伯国里的生灵都变小了很多。次日，那个巨人从睡梦中醒来，发现眼前出现了六座高耸入云的山。他吓得后退了一步，感叹道："看来我真不应该吃掉那几只龟，看来它们都是海里的神灵。现在它们变成了高山，把我给困住了！"巨人不知道的是，其实是自己变小了，而不是龟变成了高山。

25. 牛郎织女的故事

据传说，天空中有两颗明亮的星星，一颗名为织女星，一颗叫作牵牛星。牵牛和织女本是天庭里的一对恋人，但是根据天庭的规定，男女不得自由相恋。因此牵牛被流放人间，成为一个农夫。而织女是王母娘娘的孙女，因此留在了天庭，被惩罚每天不停地织云锦。

云锦是天宫出产的一种布料，是用独特的丝线织成的。这种布上的花纹像流云一样，而且还会变幻色彩。在不同的季节里，云锦的颜色也会不同。天宫里的神仙穿的衣服就是用云锦做的。自从爱人牵牛被流放人间，织女每天都十分悲伤，无时无刻不在思念爱人。她唯一的办法就是多多织出云锦让王母高兴，早日召回牵牛。

有一天，天宫的仙女们想带着织女一起去人间的莲花池游玩，王母娘娘想到织女每天都郁郁寡欢，就答应了她们的请求。王母嘱咐仙女们，不要留恋人间的景色，要速去速回。

天宫里的牵牛被流放人间后，投胎于一个农夫的家里。他出生后，父母为他取名牛郎。牛郎的父母很早就过世了，他从小就跟着哥哥和嫂子一家人生活。可是牛郎的命很苦，哥哥和嫂子把所有家产都霸占了，只分给他一头年老的黄牛。在这之后，牛郎便和老牛一起生活，艰苦度日。他们开荒耕地，搭建草屋。经过两三年的努力后，他们终于有了一个能栖身的家，好歹有了遮风避雨的地方，能够勉强填饱肚子。此时牛郎还不知道，这头老牛是天上的金牛星下凡。

日子就这样清苦地过着，这天，老牛突然口出人言。它开口说道："牛郎啊，你今天去一趟莲花池吧，今天那里会有天宫里的仙女来游泳。你记住，一定要把那件桃红色的纱衣偷来。那件衣服的主人就是你的妻子。"牛郎乍一听见老牛说人话，着实吓了一跳。他不敢置信地又问了老牛一遍，老牛给出了肯定的答案。牛郎随后便去了莲花池边，在草丛里等着。

牛郎刚到了没多久，果然看到天边飘来七彩云霞。霞光散去，池边走来七个美貌少女。仙女们脱下纱衣，跳入池中。牛郎此时看准那件桃红色纱衣，一把抱起就跑。仙女们看到岸上有人，急忙胡乱披上自己的纱衣，纷纷飞回了天宫，只落下无衣可穿的织女。织女羞得满脸通红，只能躲在池水中。牛郎这时抱着纱衣走了过来，对织女说："这位仙女，我一见你就十分倾慕。如果你能答应做我的妻子，我就把衣服还给你。"织女抬头一看，原来这就是自己日思夜想的牵牛，于是咬着嘴唇点头答应了。

牛郎和织女从此之后开始了幸福的生活。织女织布，牛郎耕地，日子虽然平淡但是两人都很满足。不久之后，织女又生下了两个孩子。他们都以为会长相厮守，一直这样生活下去。

人间一年，天上一天。牛郎和织女的事情，终于被王母娘娘知道了。她拍案大怒，立刻召来天兵天将，让他们去把织女带回天庭。

这天，老黄牛突然死了。它临死前对牛郎说："等我死后，你一定要把我的皮剥下来，晒干存好。日后如果织女被天将抓走，你就披上我的牛皮去追。牛皮可以帮你飞上天庭。"说完，老牛便咽了气。牛郎剥下牛皮，埋好老牛后回到了家，对织女说了此事。织女突然想起，金牛星君之前因为替牵牛辩解了几句，就被打落人间变成一头黄牛，现在怎么突然过世了呢？

织女刚想到这儿，天空中突然乌云密布。天兵天将来到牛郎家中，拉起织女就飞上了天庭。牛郎见此情景，想起了老牛的临终嘱托。他披上牛皮，将两个孩子装进箩筐里，用扁担挑起箩筐追了上去。就在牛郎马上要追上织女的时候，王母娘娘突然出现在牛郎面前。王母拔下头上的簪子，在牛郎和织女之间狠狠地划过，一条大河凭空出现，拦住了牛郎的去路。

牛郎担着孩子，泪流满面，孩子们也哭喊着要妈妈。织女不禁肝肠寸断，连天庭中的仙女和神仙们都个个掩面流泪。王母娘娘也有些于心不忍，但天河不能断流。王母让喜鹊给牛郎传话，允许两人每隔七天见一次面。但是喜鹊说错了日子，说成了每年的七月七日才允许他们见面。王母娘娘就惩罚喜鹊，让它们搭成鹊桥，以便牛郎织女跨过天河相见。

织女和牛郎从此隔河相望，牛郎带着一双儿女在身边。今天我们仰望银河，能看到银河两边有两颗明亮的大星，其中的一颗大星旁有两颗小星，这就是牛郎星，另一颗就是织女星。

26. 愚公移山

传说在很久以前，有一位九十岁的老人叫作愚公。老人的家门口正对着太行和王屋两座大山。这两座山占地足足有七百余里，为愚公一家的出行带来了很大的困扰。

一天，愚公语重心长地对自己的家人们说：“这两座大山在我们的家门口，实在是让生活太不方便了，每次出门都要绕很远的路！不如我们大家团结起来，把这两座山搬走，开辟出一条直通汉水南岸的大路，你们觉得我这想法怎么样？”愚公的家人们你一言我一语地讨论起来。大家都觉得搬走了山，以后的日子会方便很多，就都点头说：“愚公，我们觉得这个想法很好，也都愿意献出自己的一份力量。”

这时，愚公的夫人叹息着说道：“您都这么大岁数了，一把老骨头的人，哪里搬得动这两座山啊！再说，你要把这山上的石头和泥土搬到哪里去呢？依我看，还是算了吧，这么多年都熬过来了，也就没有必要去搬山了。”愚公的儿子们听见母亲的担心后，就都用心思考了一下，然后说道："母亲放心，父亲搬不动还有儿孙们，我们可以将那些泥土石头扔到渤海湾和隐土的北边去。大家齐心协力，相信一定可以将这两座山搬走的！"

第二天，愚公和子孙们就都个个挑着担子，拿着锄头，挖起山来。大家干劲十足，挖出的石头就都挑到渤海湾去。愚公一家人风雨无阻地不停挖着山，就这样一直挖了一个月。

住在河曲的智叟看见愚公这样不辞辛苦地挖山，就大笑着对愚公说："你这一家子可真是太好笑了，也不看看自己有多大能耐，还妄想把山搬走！我说愚公，你都这么大年纪了，你能搬多久？你这不是做傻事吗？"愚公听后，把肩上的担子放下，摇摇头说："智叟啊智叟，不是我愚公傻，而是你的思想顽固，目光短浅。我已经九十多岁了，确实挖不了几天了，可是我还有儿子们，我的儿子们还会有儿子。这子子孙孙的出生是没有尽头的，可这山却不会再变高。我们祖祖辈辈坚持不懈地挖山，这两座山早晚有被挖平的一天！"愚公说完，挑起担子就离开了。智叟一时无话可说，就低下了头，沉默地回家了。

山神本以为愚公的想法只是暂时的，却没想到愚公竟然如此坚定。山神心里害怕，就将此事禀告了玉帝。玉帝被愚公坚持不懈的诚心所感动，就命两个大力神将太行和王屋两座山背走了，分别放在了朔方的东部和雍州的南面。

从此，愚公一家人门前再也没有了两座山的阻拦，冀州以南到汉水南岸也有了一条直通的大路。

27. 十二生肖的故事

很久很久以前，生肖这个记录年份的方法还没有被创造出来，人们的生活有很多不便。于是玉帝决定召集所有的动物开一个大会，好为人们安排生肖。

在那个时代，猫和老鼠还是一同生活、玩耍的朋友。收到了玉帝的邀请，它们都很开心，商量着一起去参加。但是猫有一个不好的习惯，就是喜欢睡懒觉，于是它在大会召开的前一晚嘱咐老鼠，让老鼠一定记得早上喊自己起床。老鼠爽快地答应了下来，于是猫感激地给老鼠道了谢，放心地进入了梦乡。但到了第二天早晨，老鼠独自爬起了床，吃完早饭后上了天庭，却没有叫醒还在沉睡的猫。

龙少爷住在风景美丽的清水潭里，它也接到了玉帝的邀请，于是兴高采烈地对着湖水的倒影打量自己的模样。只见镜子一样的水面上，映出了它乌黑浓密的胡子，威武帅气，遮盖全身的鳞甲在阳光下泛着晶莹剔透的光泽。看着自己英俊的相貌，龙少爷十分高兴。可是自己有一个缺点：头上光秃秃的。龙少爷心想，要是有一对骄傲的角，自己就一定是生肖的第一名！

龙少爷从清水潭里出来，正在琢磨上哪儿能找到一对角来为自己锦上添花，正巧碰到了在岸边昂首挺胸的大公鸡。大公鸡头上长着大角，这吸引了龙少爷的注意。于是它赶忙游到了大公鸡的旁边，向大公鸡借头上的角。大公鸡听了龙少爷的话，想到自己也要参加大会，便拒绝了龙少爷的请求。龙少爷说："鸡大哥，你头上戴着这么大的角，比起自己的体形来，实在不太合适啊。"大公鸡觉得龙少爷的话也有道理，正在考虑的时候，一旁的蜈蚣钻了出来，帮着龙少爷劝大公鸡。禁不住两人的苦言相劝，大公鸡便同意了龙少爷的请求，把头上的角借给了它。

第二天，大会隆重地在天庭召开了，凡间的几乎所有动物都准时来到了天庭。在玉帝的挑选下，选出了龙、蛇、虎、兔、牛、狗、马、羊、猴、鸡、鼠和猪这十二种动物作为生肖。生肖是选出来了，可是它们之间的先后次序又要怎么安排呢？

对这个问题，大家七嘴八舌，谁都拿不定主意，于是玉帝便说："既然你们中牛的体积最大，那就让牛来做第一肖吧！"听到这个决定，大家都纷纷表示赞同，谁想到老鼠却站了出来表示反对："我才是最大的动物！每次人们看到我，他们都说：'呀！好大的一只老鼠！'可是从来没人说：'好大的一头牛！'这样说来，我应该比牛还大！"

老鼠的话把从没去过人间的玉帝也弄糊涂了，大家也都对老鼠的话将信将疑，于是玉帝和动物们一起下凡，看看老鼠说的是不是真的。没想到老鼠没有说谎，人们见到它都惊叫起来："啊！好大的老鼠！"玉帝听到了人们说的话，只能无可奈何地把老鼠排为了第一肖，让牛排在第二。

老鼠当上了第一肖，志得意满地回了家。刚刚睡醒的猫看见了，就问它："鼠弟，怎么啦？大会没有在今天举行吗？"老鼠骄傲地说："你还在做梦吧！大会早就结束了，我还当上了第一名呢！"听到了老鼠的话，猫非常震惊。它愤怒地质问老鼠："昨天说好的叫我起床，你怎么没有照办？"老鼠没有抵赖，只是淡淡地说，它把这件事忘记了。

这可把猫大爷气得够呛，它大声地吼道："不讲信用的东西！你明明已经答应过我了！"老鼠看着生气的朋友，依旧毫不在意："哼！谁叫你自己喜欢睡懒觉！"猫听到老鼠的说法更气了，突然弓起了身体，磨了一下牙齿，对着老鼠猛地扑了上去，一口咬在老鼠的脖子上。老鼠蹬了几下后腿，无力地挣扎了几下，便死去了。从此，猫和老鼠便成了势不两立的仇人，一直延续到现在。

从天庭上回来的大公鸡却满脸不高兴，它觉得如果不是龙少爷借走了它的角，自己肯定会排在龙的前面。于是，它找到了龙少爷，想要回自己的角。龙少爷起初一个劲地向大公鸡解释，这一对角是多么适合它，希望能打消大公鸡的念头。下定了决心的大公鸡却坚持要让龙少爷把角还给自己："毕竟是借来的东西，肯定是得要还给我的呀！”龙少爷被大公鸡说得答不上话来，于是低下头思考了一下，大公鸡以为它是不好意思了，便放松了警惕。趁着这个时候，龙少爷猛地跃起，钻回了水底，任凭大公鸡在岸上破口大骂，它始终躲在水底，不见了踪影。

大公鸡在岸上骂了半天，连嗓子都哑了，于是便去找当时为龙少爷说话的蜈蚣讨一个说法。蜈蚣正在乱石堆里觅食，大公鸡找到了它，把龙少爷霸占了自己的角这件事详细地告诉了蜈蚣，希望蜈蚣能帮自己把角要回来。蜈蚣琢磨了半天，支支吾吾地说：“我想……龙少爷大概会把角还给你的。如果不还的话，我也没有办法呀，毕竟它躲在水底，我哪里找得到它？”等着要回角的大公鸡气得脸都红了：“当初是你为龙少爷担保的，哪有保人不负责任的道理！”蜈蚣也急了，开始责备大公鸡借角的时候没有考虑清楚，太轻率鲁莽了，如今也只能自认倒霉，怪不得别人。气急了的大公鸡伸长了自己的脖子，一口咬住了蜈蚣的脑袋，晃悠了几下便咽进了肚。

从那一年起，每一个艳阳高照的夏天，都能在院子里看到大公鸡兴致勃勃地啄蜈蚣吃。每天早上，当它想起自己曾经拥有的角，都会用尽自己的力气大声地喊着：“龙少爷，还我角！”

28. 赵州桥的传说

很久很久以前，当时的河北赵县还被叫作赵州。赵州城的城南和城西有两座石桥，方便居民的出行。位于城南的那座石桥尤其高大宏伟，仿佛是条横跨两岸的彩虹。

赵州的人们都口口相传，说这两座石桥分别是鲁班和鲁班的妹妹鲁姜修建的。正因如此，这两座石桥都格外牢固结实，千百年间从来没有坏过。当地还流传着这样一段顺口溜："赵州石桥鲁班爷爷修，玉石的栏杆圣人留，张果老骑驴桥上走，柴王爷推车轧了一道沟。"

那么，这两座石桥究竟是怎么来的呢？相传，鲁班兄妹两人在云游四方的时候来到了赵州，一条波涛汹涌的河流挡在了他们面前。宽阔的河面上只有两条小船，两岸的人们不管是想去对岸做什么，都只能焦急地在岸边看着小船慢悠悠地在河中穿梭。

看到这里，鲁班便问周围的人为什么不修一座桥，这样就方便过河了。大家都唉声叹气地说："您也看见了，这条大河又宽又急，我们找遍了整座城的能工巧匠，也没人能帮我们把桥修起来。”于是，鲁班决定要为赵州的人们修两座桥。

一旁的妹妹也正有此意，于是兄妹二人便开始商量起来。鲁班担心妹妹受不了修桥的苦，同时也怕妹妹的手艺还没学到家，便想让妹妹在一旁帮自己打下手，辛苦的体力活还是自己来做。这下可惹恼了妹妹。妹妹提出要和鲁班比赛谁修得更快更好，鲁班立刻答应了。于是兄妹二人便商量好，明日一早开始比赛修桥。

和妹妹打完赌，鲁班慢慢悠悠地散步去了赵州西面的太行山。心急的鲁姜则乘夜来到了城西，找来修桥的材料。三更天不到，一座精致小巧的石桥便横卧在了河面之上。

妹妹修好了桥，得意扬扬地来到城南偷看哥哥的进度，却发现河上还是什么都没有，连鲁班的影子都找不到。鲁姜高兴地想：这下我赢定了。

可是鲁姜没有发现，在西边的太行山上，鲁班正从容地赶着一群雪白的绵羊，哼着小曲往城南走。等走到近前，那些雪白的羊纷纷变成了晶莹剔透又坚固无比的石料，有的大、有的小，有的方、有的圆，还有雕纹精致的栏板和望柱。

这下鲁姜被哥哥吓了一跳，觉得自己修筑的桥梁肯定没有哥哥修的好看，可是又来不及拆毁重建了。她只能匆匆忙忙跑回了城西，用一双妙手在小巧的栏杆上雕出了一幅幅精美的浮雕，有补天的女娲、开天辟地的盘古、向着朝阳展翅飞翔的凤凰。小桥因此变得更美丽了，栩栩如生的雕刻甚至招来了蝴蝶和翠鸟。

鲁姜满意地点了点头，又来到了城南看哥哥的桥。看到在鲁班手下宛如彩虹下凡的石桥，刚刚还得意扬扬的鲁姜便垂头丧气起来。这会儿已经到了四更天，黑压压的天空里隐约透出几丝晨曦。聪明的鲁姜又想出一计，弯腰躲到河边柳树的后面学起了鸡叫。周围的公鸡都纷纷跟着叫了起来，鲁班以为是天要亮了，便把剩下的一根望柱架到了桥上，石桥终于修好了。

天亮以后，赵州的百姓们看到河面上立起了一大一小两座别具匠心的石拱桥，仿佛是来自天庭神仙的手笔，都扶老携幼来到河边欣赏。大家都称赞这气势磅礴的石桥，一连好几天，来参观的人群络绎不绝。

没过多久，住在蓬莱岛上的张果老也听说了鲁班在赵州造桥的消息，于是邀请了好朋友柴王爷结伴来到赵州一探究竟。张果老骑着驴，柴王爷推着车，两人一起来到了赵州的石桥边，正巧碰到了站在桥边和参观的百姓聊天搭话的鲁班。

张果老好奇地询问鲁班说：“是你修的这座桥吗？”

鲁班恭恭敬敬地回答说：“是，请问您有什么指教吗？”

张果老一边笑呵呵地捋着胡须，一边指着自己的驴和柴王爷的推车问：“你造的桥能经得住它们吗？”

听罢，鲁班哈哈大笑，说：“别说你们的驴和小推车，就是玉皇大帝的金车银辇都过得去！”

张果老听到鲁班的口气这么大，于是便念咒作法把天上的太阳和月亮都摘了下来装进了驴背上的褡裢里。柴王爷也用自己的法术，把天下的崇山峻岭都汇集在了赵州城，装在了小推车上。二人相视一笑，推着车骑着驴，慢悠悠地上了桥。石桥虽然晃悠了一下，但还是挺立在了宽阔的河面上。张果老和柴王爷悠闲地走过了桥。

亲身体验了石桥的坚固，张果老和柴王爷不由得对鲁班竖起了大拇指，称赞这个年轻人不但手艺超群，还有一颗造福百姓的心。鲁班目送两人离去的背影，也默默地感慨自己遇到了高人。

直到现在，赵州桥依旧坚固地屹立在宽阔的河面上，造福大家。在石桥的桥面上，张果老的驴蹄印和柴王爷推车留下的印记也依旧和这座石桥一起，见证着历史的沧桑巨变。

29. 八仙过海

在我国古代的传说中有八位仙人，他们分别是：铁拐李、汉钟离、张果老、曹国舅、吕洞宾、何仙姑、韩湘子和蓝采和。

有一天西王母大寿，八位仙人一起前去拜寿，回来的路上经过东海的上空，看见海上波涛汹涌，浪花翻腾。吕洞宾玩心大起，对其余七位仙人说道："腾云驾雾惯了，不如我们各自用自己的法宝渡过那东海，也正好比比谁更有本事，怎么样？"铁拐李兴致勃勃，跃跃欲试地说："我同意，我先来吧！"说完便把自己的拐杖扔向了海面，只见拐杖并没有沉入海底，反而像小船一样漂浮在海面上。铁拐李纵身一跃，就跳到了拐杖上。

张果老笑着倒骑毛驴浮在了海面上。汉钟离见此情景，也赶紧把法宝芭蕉扇丢了下去，自己就跳到了扇子上。其他几位仙人也都各显神通，用自己的法宝渡海。吕洞宾踏着雌雄宝剑，韩湘子踩在箫上，何仙姑坐在莲花上，蓝采和站在花篮上面，曹国舅踩着玉板。八位仙人都稳稳当当地随着波浪在海上前行。他们有说有笑，拍手大呼过瘾。

这时，只见一座有着树木和房屋的仙山慢慢地从海底升了起来，一眨眼便升到了半空之中，忽地又变成云彩，最后消失不见了。韩湘子说："这是海市蜃楼啊，今天真是太有眼福了，居然看见了百年难得一见的景象。""是啊，是啊，我们的确很幸运。"其他仙人都附和着说道。突然，大家发现蓝采和不见了，仙人们四处寻找，找了好久还是找不到蓝采和。张果老猜想说："可能是东海龙王在搞鬼，不喜欢我们在这里施展法术，于是便捉走了蓝采和。"说着，七位仙人就一起来到了龙宫。仙人们请求龙王放了蓝采和，可老龙王丝毫不讲情面。不但不答应，还派儿子们带领虾兵蟹将出战。七位仙人无奈只能出手抵抗，战斗之中，将龙王的两个儿子杀死了。东海龙王伤心欲绝，一气之下请来了其余三海的龙王帮忙，四位龙王一起发誓要杀了八位仙人。铁拐李看龙王们不依不饶，恼怒之下用酒葫芦把海水全部吸光，其他仙人更是将泰山搬到了东海之中。双方打得昏天黑地，一时难解难分。

太上老君、如来佛祖和观音菩萨知道了此事，都赶过来劝阻。经过一番调解和劝说，终于平息了双方的打斗。蓝采和将曹国舅的两片玉板送给东海龙王，作为杀了他两个儿子的补偿，泰山也被仙人们搬回了原处，双方这才和解。

八位仙人也因此受到玉皇大帝的惩罚，全都被降级一等。从此，八仙都本本分分地做着各自的工作，再也不到处惹祸了。

30. 龙王输棋

在很久很久以前，如今鱼虾肥美的乘山渔场，还是个海水浑浊不堪、连鱼虾都无法生存的地方。在仅有的一座孤岛上，人们只能靠着种地为生。直到后来，有一个天生棋技高超的孩子在棋盘上赢了东海龙王，为家乡带来了富足的渔业资源和美好的生活。

这个孩子叫陈棋，天生就喜欢下棋。不管是砍柴还是捕鱼的空当，他总是拉着小伙伴下上几盘，就连梦里都是下棋的画面。也不知是因为勤奋还是天赋，陈棋的棋技越来越高超，附近的人们都下不赢他，于是大家都喊他“东海棋怪”。

住在龙宫里的东海龙王敖广也喜爱下棋，闻名天下的棋仙是他的老师。在老师的指教之下，东海龙王至今都没有碰到过对手。听说一个渔村的孩子被称作“东海棋怪”，敖广便动了心思，想着要去会一会这个孩子。

这天，敖广施法把自己变成了一个渔夫，独自一人去了乘山。当时正值傍晚，夕阳在海面上映出美丽的余晖。小岛的海滩边，刚吃过晚饭的渔民们正在下棋解闷。敖广一边散步一边在人群里找寻着“东海棋怪”的身影，可是正在海滩下棋的都是大叔和爷爷辈的渔人，哪里有孩子的踪影。一番苦寻之后，敖广终于在海滩旁的一块岩石上发现了几个正在下棋的孩童，于是便上前看他们下棋。

看了没多久，敖广便忍不住在一旁指手画脚起来，这下对弈的渔童们可不乐意了，纷纷指责敖广多嘴。一个相貌俊美的孩子看出了敖广也是个精通棋艺的高人，便站出来和敖广搭话。敖广也看出了孩子举止不凡，问道：“你就是传说中的东海棋怪吗？”

这个和敖广搭话的孩子正是陈棋，敖广急着挑战“东海棋怪”，便邀他就着残局对弈一番。两人刚刚下了几步，敖广便落了下风，不停地擦着汗。没过一会儿，陈棋就轻松地赢了这一局。

敖广不服气，还要和陈棋接着下，却被陈棋拒绝了：“老爷爷，您的棋技我已经了解了，再下也是一样的结局，只会浪费您的时间。”敖广素来骄傲于自己下棋的本事，现在被一个孩子嘲笑了，气得他现出了原形，长长的龙须被陈棋气得直哆嗦。

看到龙王狼狈的神情，陈棋也不害怕，而是哈哈大笑起来。龙王更生气了，大声说：“小娃娃别得意！要是再输给你，本王愿意每年给乘山岛送上大把的鱼虾海鲜！”想到岛上的人们生活艰苦，陈棋便答应了敖广，两人于是重新对弈起来。

没到一炷香的工夫，龙王复仇心切，很快又输了一局。他还是不服，两人又下了起来。尽管敖广这次拿出了看家本领，小心谨慎，可还是落了下风，眼见又要输了。这下敖广可急坏了，虽然他是兴风作浪的龙王，可若要每年给乘山岛送去鱼虾，未免有失龙王的尊严。于是他便想了个主意，化作一道青烟来到了蓬莱岛，把自己的师父南斗仙翁请到了陈棋面前。

南斗仙翁拄着白玉雕成的拐杖，踩着五彩祥云来到了乘山岛，又从袍袖里拿出了一副由仙岛上的神树做成的棋盘抛在空中。他挥了挥手，棋盘便自己飞到了乘山的山顶，稳稳当当地落了下来。

敖广请来了师父助阵，底气也变足了，把自己的身体又变大了几番，说出的话也仿佛有了雷霆万钧的力量。敖广说：“小娃娃，你还有胆量与本王下棋吗？”陈棋还是如往日一样沉着冷静，大声地回答说：“老爷爷，你忘记前两盘怎么输的了吗？看我来提醒提醒你！”说完，陈棋便和小伙伴们一起爬上了乘山的最高峰，坐在龙王的对面。

两人继续对弈。龙王有了南斗仙翁在一旁出谋划策，棋艺大有长进。陈棋也使出全力，步步为营。两方杀得天昏地暗，日月无光，一连下了好几个时辰，依旧难分输赢。这时，南斗仙翁在敖广身后又出了一个点子，敖广连走了几步妙棋。在陈棋一方观战的小伙伴们暗道不妙，一时间乱了阵脚。

“小娃娃，若是想不出对策就认输了吧！”敖广得意扬扬地捋着胡子，哈哈大笑起来。没想到陈棋还是那副冷静的样子，托着下巴仔细想了一会儿，又从容地下了起来。

敖广正在暗暗吃惊，没想到陈棋走了一着绝妙的杀棋，用一匹马深入龙王的防线偷吃了一只象，又趁着这绝妙的机会用“车”把敖广的“将”给逼死了。敖广气得一拳捶在棋盘上，想要重新再来一局，却被南斗仙翁拦住了。南斗仙翁悄悄对敖广说：“这着棋我见过，当年北斗仙翁那个老头就是用这步棋下赢了我。前几日我听北斗说，不知为何少了一粒棋子。今天看来，是那个老家伙的棋子跑来了乘山。”

敖广听后，惊讶得合不拢嘴，慌忙问道：“您是说这个娃娃就是北斗仙人棋盘里的棋？”南斗笑着点了点头：“走吧，我们下不过他的。”

龙王敖广只好垂头丧气地走了，不明白为什么自己堂堂的东海龙王居然会输给一个渔村里的小孩，还连着输了三盘。从那天以后，敖广再也没有在其他的神仙面前吹嘘过自己的棋技有多么高超。因为陈棋下赢了东海龙王，乘山岛上也有了龙王每年送来的鱼虾，渔民们过上了幸福美满的生活。

31. 东海龙王塌东京

在远古的时候，敖广受玉帝之命主管东海，妙庄王则主管东京。东海靠近东京，地方却比东京小得多了。几千年过去了，敖广的兵将已经是数不胜数了，小小的东海已经住不下了。

东海位于北海和南海之间，界线上有玉帝的玉玺印，谁都不得越界，所以敖广一直为扩充地盘而愁恼。东海与东京的交界处没有盖上玉帝玉玺印。敖广曾经刮起大风、下起大雨，东京很快就被水淹没了。敖广很容易就能夺取东京，但他又怕妙庄王告状，只能眼巴巴地望着。

有一天，敖广去了七须龙王那里，两人一起把酒言欢。喝着喝着，两人就想出了一个夺取东京的计谋。从那以后，敖广变得非常奇怪。他刻意跟妙庄王走得很近，经常赠送金银珠宝给他，还把自己的六个女儿都许配给他。妙庄王终日沉迷于美色，就算朝政荒废、强盗猖獗，他也不闻不问。百姓对他非常不满。敖广把这件事情告诉了玉帝，并且主动请缨要讨伐妙庄王。

玉帝同意了，但是吕洞宾却反对，他说："淹没东京并不难，但是这样做会让那些好人蒙冤。"敖广说："东京里面会有好人吗？"吕洞宾反问道："龙王一直住在海里，怎么知道东京的情况呢？"敖广不知道该如何回答。吕洞宾请求玉帝："还是等我下去看看再说吧。"玉帝答应了，但是只给了他三天时间。

吕洞宾化身成一个老人来到东京，在一个偏僻的地方开了一家油店，招牌上写着：三个铜钱一次，不过秤。意思是，凡是到这里买油的只需要付三个铜钱，油随便拿。很快，这件事在东京就传开了，一时间很多人来买油，有些人甚至提着木桶来买油。吕洞宾什么也没说，还是把油给他们，因为他的油是用长江的水做的，用都用不完。

有一天，有个小女孩提着一壶油进来。吕洞宾问她："你已经装满油了，怎么还来买油呢？"小女孩说："我花了三个铜钱打了一壶油，可母亲教导我做人不能这么贪心，所以我要还一点给你。"说罢，小姑娘就拿起油壶，倒了一大半回去。

天上一天，地上一年，吕洞宾已经在人间待了快三年了。这三年来，他还是第一次遇到这样的人。小女孩说自己叫葛虹，家中只有一个老母。吕洞宾很感动，把一个瓢送给了她，还说："你把这个瓢藏在门前的草席之下。如果城门的石狮子头上流血了，那就表明有灾难将至。这时候，它就会教你怎么做。"葛虹回到家中，把吕洞宾的话说给母亲听。母亲虽然不太相信，但还是让葛虹天天去看石狮子。

敖广回去之后，立刻派七须龙王混入东京。为了掩人耳目，他扮成了一个屠夫。有一天，他看到一个小姑娘来到城门，看了一眼石狮子就走了。一连七天，小女孩每天早上都来这里。七须龙王很纳闷儿，问她什么原因。善良的葛虹说："有个卖油的老人说石狮子流血就代表灾难将至。"

吕洞宾为什么要这么做呢？其实，这石狮子是玉帝授予的宝物，只要石狮子在，敖广就不敢胡来。如果玉帝真的要淹没东京，那么他就会用血来收回石狮子。这件事情除了玉帝和吕洞宾，其他人都不知道。

七须龙王很高兴，他终于找到了个法子想要好好戏弄吕洞宾。所以，他买了一头猪，把猪血淋到石狮子头上。第二天，葛虹看到了石狮子头上的血，吓了一跳。这时候，石狮子竟然动了，飞到天上去了，城门瞬间倒塌了。葛虹担心母亲会受伤，连忙跑回家中。

当她回到家时，旁边已经全是海水了。葛虹急得手足无措。这时，她想到了葫芦瓢。当她掀开草席的时候，葫芦瓢竟然变成了一只小船。她马上回到家中，拿上了衣服，带着母亲坐上了小船。

不知道小船在水上漂了多久，葛虹听到有个人在喊救命。她把船划了过去，只见那个喊救命的人就是那个卖油的老人。葛虹大喊："老爷爷，快上来吧！"吕洞宾说："船太小了，我坐不下了。"可是，葛虹却说："没事的，你上来吧，我会有办法的。”说着，她把老人扶上了船，自己却跳进水中，抓着树枝，浮在水面上。

吕洞宾这么做其实是想试探葛虹的为人。看到她心地如此善良之后，吕洞宾很高兴，马上施法，把她拉了上来。海水不断涌入东京，很快小船就与山顶齐高了。

三人下了船，吕洞宾对葛虹说：“把物品都放到山顶上。”随后，她开始烧水做饭，想让老人和母亲好好休息休息。但是，就在这一瞬间，老人却不见了。这时候，海水继续往上涨，很快，周围都被淹没了，只有葛虹所在的位置没有被淹到。吕洞宾送给她的瓢越来越大，变成了舟山岛，葛虹站脚的地方变成了岱山岛，放物品的地方都变换成各种小岛屿。

东京很快就被淹没了。东海龙王敖广终于占领了东京。妙庄王把这件事情告到了玉帝那儿，想让玉帝出面讲和。玉帝为了惩治妙庄王，就派他去治理崇明岛，满两千年后才能把东京还给他。

32. 河神娶妻

相传在战国的时候，西门豹被魏文侯委派出任邺城的县令。认真敬业的西门豹一到邺城，便开始深入民间，了解百姓们的生活疾苦。

有一天，他穿着便服来到了位于漳河以南的一个叫作永乐埔的小镇，却惊讶地发现镇子里的田地都没有人耕作，很多民房也被百姓用土给封了起来。西门豹很是疑惑，四处找人打探原因。人们却都只是摇头，没有人愿意回答他。

西门豹在镇子里逛了一圈，正巧碰到了一个割草的老大爷，西门豹便拿着烟袋走了上去，跟老大爷借火，边抽烟边和老大爷聊家常。聊着聊着，话匣子就打开了，西门豹趁机向老大爷询问镇子里的情况："为什么大家都关门闭户的，也见不着个人影？"听到西门豹问起了这个，老大爷谨慎地朝周围望了望，确认了没人偷听，才叹了口气，说起了河神娶妻的故事。

在这个小镇里一直都延续着一个风俗，每年要为河神挑选一个美丽的女子，坐着用纸扎的小船，送进漳河的河水里，作为河神的妻子。如果不这样，惹怒了河神，河神就会降下洪水毁坏田地，给小镇带来灾难。镇子里的三个巫婆一直在操办这件事，她们分别叫作大神头、二神头和三神头。每年大家收割了种下的麦子后，她们便开始征收百姓的粮食，作为给河神娶妻的彩礼。她们还逐家上门挑选漂亮的姑娘，表面上是以貌美为标准，实际上依据的是村民们缴纳的银钱多少。那些没钱贿赂她们的穷苦人家，就只能被神婆们抢走女儿。久而久之，大家都为了躲开神婆的迫害而背井离乡。

听到了这里，西门豹又问老大爷：“那今年神婆们还要为河神操办婚事吗？”

老伯伤心地哭了起来，原来今年被选中的姑娘正是他的孙女。因为实在没有钱送给神婆，他只能看着宝贝孙女被选中。可怜的姑娘如今被关在小屋里，只等着六月二十四日送给河神。

西门豹听罢，暗自下定决心要废除这里的陋习。他安慰了老伯几句，便若有所思地离开了。

等到六月二十四日，镇上的人们纷纷来到了河边看河神娶妻的仪式。岸边停放着用纸制作的彩船。快到了送姑娘入水的时候，西门豹带着侍从们也来到了河边。

听到西门豹到来的消息，负责祭祀的神婆们很高兴，她们也清楚这样鱼肉百姓的做法迟早会点燃人们的怒火，现在有了官员的撑腰，底气变得更足了。神婆们摆放好了桌椅，备上了茶水和点心，西门豹也没有推辞，坐在了河边的凉棚里。

等到一切就绪后，西门豹叫来了神婆，吩咐道：“河神娶妻，是镇上的大事，我来这里也是为了向河神进贡道喜。不过，你们今年选的姑娘究竟是什么模样？相貌是否美丽？”一旁的神婆们不敢怠慢，赶忙叫人把老伯的孙女带了上来。西门豹假装仔细打量了一番，摇了摇头，说：“这个女子相貌不美，一定会让河神生气的，我想重新换一个，你们怎么认为啊？”

神婆们自然是忙不迭地答应下来，还纷纷称赞西门豹是个为百姓考虑的好官。这时西门豹又说：“但是，临时换人恐怕也是对河神的不尊敬，不如你们谁辛苦一趟去跟河神商量一下啊？”

听到这话，神婆们你望着我，我望着你，都不敢回答西门豹。

西门豹一边笑着，一边看几个神婆惊慌的神情，“既然都不愿意，那就请大神头替我们跑一趟吧。”大神头还来不及说话，就被西门豹的侍卫上前擒住，扔进了河里。

河水中翻起了几朵水花，便又恢复了往日的平静。西门豹又说：“这么久了，大神头还没回来，看来这河神很难劝说啊。二神头，麻烦你也辛苦一趟，下去探探情况。”于是二神头也被扔进了河里。

一炷香之后，水面还是很平静，西门豹转过头看着三神头。还没等他说话，三神头就扑通一声跪倒在了地上，边磕头边求饶："大人……求您饶命啊……之前的事都是她们指使的，小民也是被逼无奈……"

往日欺压百姓的社首们也都跪在了地上，朝着西门豹磕头请罪，求西门豹饶自己一命。凉棚里发生的事情，围观的百姓都看得清清楚楚。之前西门豹遇见的老伯也在人群中，看到他救了自己的孙女，赶忙从人群里挤了出来，跪在地上，哭着感谢西门豹的大恩大德。

西门豹吩咐手下把跪在地上的三神头、社首们都抓了起来，带回衙门按照法律处置，又对围观的百姓说："从今以后，谁也不许再提祭祀河神的事情，大家都好好劳动、安心生活去吧。"百姓们听到西门豹的话，都对这位正直、廉洁的父母官感恩戴德。

镇子上的陋习终于被废除了，那些被神头们骗来的金银财宝，也被西门豹用来建设水渠，帮助大家恢复生产。在外逃荒的百姓听到了这个消息，都陆陆续续回到了故乡，和家人一起过上了幸福美满的生活。

33. 眉间尺

据传说，有个楚国的铸剑家，叫干将。干将有一个贤惠、善良的妻子叫莫邪。有一天，楚王把两块铁胆肾赐予了干将，吩咐干将铸造出两把宝剑给他。这用来铸剑的铁胆肾，是从一对躲藏在武器库里偷吃名剑的兔子身体里发现的，是经过消化留下的铁的精华，坚硬无比。看到如此罕见的宝物，干将很激动，便和妻子一起在火炉前日以继夜地炼剑。

整整三年以后，宝剑终于铸造完成了，干将小心翼翼地把两把剑从火炉里取出来，宝剑在阳光照耀下露出耀眼的寒光。干将用坚硬的钢铁来试探宝剑，两把宝剑切割钢铁就像切割泥土一样。夫妻看到打造的宝剑很成功，便用二人的名字来给它们命名，一把叫干将，一把叫莫邪。

楚王得知了宝剑铸成的喜讯，为拥有了称霸诸侯的兵器而高兴。但他又担心别的国家威胁干将铸造出更锋利、更有威胁的兵器，那时自己手上的这对宝剑就没有优势了。想了又想，楚王决定找个借口把干将杀死，断绝后患。

干将是个聪明的人，他知道猜忌心重的楚王肯定不会轻易放过自己，便和有孕在身的妻子莫邪说：“我如今帮楚王造出了宝剑，楚王一定会害怕我被别的国家利用。此次我去献剑，注定是九死一生。我把雄剑干将偷偷藏了起来，只把雌剑献给楚王。如果我们的孩子是个男孩，你就让他取出雄剑，找楚王为我报仇！”说罢，干将留下了几行口诀：“出门望南山，松树生石上，宝剑在其背。”之后便带着雌剑莫邪去见楚王。

楚王见到了莫邪，发现果然是一口绝世无双的名剑，但是却只有一把。楚王质问干将另一把剑在何处，干将一口咬定楚王赐予的铁胆肾重量不够，只铸造了一口宝剑。愤怒又多疑的楚王便吩咐手下，把干将绑出去斩首了。

干将被杀以后，莫邪生下了一个健康的男孩。奇怪的是，这个孩子的眉毛分得很开，有将近一尺的距离，于是莫邪便给他取了一个名字，叫“眉间尺”。

眉间尺慢慢长大了，到了十四五岁的时候，他向莫邪询问自己父亲的下落，得知自己的父亲被楚王所杀。眉间尺决定要为父亲复仇，于是告别了母亲，独自一人出门寻找雄剑干将。按照父亲留下的口诀，眉间尺果然在附近的山上找到了宝剑。看到父亲留下的剑，眉间尺又悲又喜，便背上了宝剑前往京城。

说来也巧，在眉间尺进入京城的那天，楚王梦见自己被一个两眉间距离长达一尺的男孩提着宝剑砍死了。于是楚王下令，在京城里通缉这个长相奇特的男孩。眉间尺发现自己被通缉了，无法行刺，只能偷偷躲进了山里。

躲在山里的眉间尺想到自己如今被楚王通缉，不知还要多久才能为父报仇，不由得放声大哭起来。正在这时，一个黑衣男子来到了他的面前。在知道了眉间尺的身世之后，黑衣男子对眉间尺说："楚王昏庸残暴，天下的志士都想杀他很久了。我现在有一个办法帮你复仇，但是需要借你的头颅和宝剑一用，你是否愿意？"

眉间尺看着黑衣人灼灼的目光，知道这也是一位义士，便从背上抽出了宝剑，割下自己的头颅，把宝剑和自己的头都给了黑衣人。黑衣人目睹了眉间尺的勇气和坚毅，于是把眉间尺的尸体掩埋在了山上，用衣袖擦去宝剑上的血迹，便带着宝剑和眉间尺的头颅去见楚王。

楚王看到梦中要来杀自己的孩子的头颅，知道自己可以不用担心了。他吩咐手下把人头扔掉，却被黑衣人阻止了。黑衣人说："这个孩子是一个勇士，而且他用过名剑干将，需要把他的头颅放在锅里煮到皮开肉烂，才能防止他的阴魂回来复仇。"

楚王相信了黑衣人的话，命人把眉间尺的头扔进沸腾的大锅里烹煮起来。可是一直煮了整整三天，眉间尺的头颅还是和刚下锅的时候一样。不但面容清晰，还瞪着一双清澈的眼睛。多疑的楚王看到这里，不免担心起来，向黑衣人询问对策。黑衣人说："这个孩子阴魂不散，还怀着对您的恨意。看来您要屈尊亲自到锅的旁边，用您的霸气压下他的阴毒之气。”

楚王其实很害怕，不敢看在锅里煮着的眉间尺的头。但满朝文武都在一旁看着，楚王不愿露出胆怯的神情，只能强打起精神，缓缓地走到了汤锅旁。楚王刚刚伸长脖子准备一探究竟，只见黑衣人以雷霆万钧的气势拔出了背后的宝剑，用尽全力斩向楚王的脖子。血花飞溅，楚王的头掉进了滚烫的沸水里。看着昏庸无道的楚王终于死了，黑衣人哈哈大笑，随即也把宝剑对准了脖子，自刎而亡。

这时沸腾的汤锅里就有了楚王、眉间尺和黑衣人三个头颅，在滚烫的水里，三个头颅很快化为了枯骨，分不清彼此的身份。大臣们只得把三个头颅都打捞起来，用三个精致的瓦罐装着，葬在了三座紧挨着的坟墓里，取名为“三王墓”。

34. 孟姜女哭长城

传说在秦朝时，有一户姓孟的人家，在自家的后院里种下了一棵瓜苗。瓜苗长啊长啊就爬到了屋顶上结出了果实，果实熟了以后掉落在姜家的院子里。两家把瓜切开，发现里面是个又白又胖的小女孩，大家给小女孩起名字叫孟姜女。孟姜女长大了以后，善良聪明，又孝顺父母，不仅写得一手好诗文，还学会了弹琴，乡亲邻居们没有不夸赞她的，她的父母更把她当成了宝贝。

当时，秦始皇强抓壮丁修建长城，天下民不聊生。有一位公子叫作范喜良，为了躲避抓壮丁的差役从家里逃跑了，恰巧躲到了姜家的后花园里，被正在花园里散步的孟姜女撞见了。看到惊慌失措的孟姜女，这位公子赶忙说明了情况，哀求孟姜女救他一命。看到范喜良长相俊美、知书达理，孟姜女便收留了他。两人相谈甚欢，老员外对他也颇为满意。于是，范喜良和孟姜女便定下了亲事。

对这个英俊又有才的女婿，老员外越看越喜欢，便选了良辰吉日，为二人举办婚礼，拜堂成亲。俗话说好景不长，刚完婚不到三天，范喜良就被闯进来抓人的衙役给抓去修长城了。

新婚的丈夫就这样被抓走，孟姜女整天以泪洗面，等待着范喜良回家，这一等就是整整一年。忍受不住对丈夫的思念，她熬夜为丈夫做了几套棉衣，说服了父母，收拾好行囊，独自一人去往长城。

一路上，孟姜女风餐露宿，奔着长城的方向匆匆赶路。虽然出发前备好了干粮，可还是抵挡不住寒冷的天气和路途的艰险，病倒在了半路上，等到从昏迷中苏醒过来，她发现自己躺在一户好心人家的炕头上。热心的大娘为她准备了温热的食物和姜水，嘱咐她好好休息。孟姜女对大娘千恩万谢，在大娘的照顾下，身体也有了好转。住了两天以后，孟姜女打定了主意，再次感谢了有救命之恩的大娘，重新踏上了前往长城的路。看着这个倔强又值得同情的女子，大娘忍不住流下泪来，默默地向上天祷告，希望孟姜女能找到自己的丈夫。

经历了千难万险，孟姜女终于来到了长城。她满怀期待地向修建长城的人们打听范喜良的下落，可惜问了一个又一个民工，却没人认识她的丈夫。最后，孟姜女在好心人的指引下，找到了邻村和范喜良一起被抓来修长城的老乡们。

克制着激动和欣喜，孟姜女向老乡们询问自己丈夫的下落，等来的却是大家支支吾吾的言语。大家夹杂着不忍和同情，你看看我，我看看你，在场的人们谁也没忍心开口。在孟姜女的一再追问下，一位大哥才吞吞吐吐地说："他……在上个月就已经累死了……"孟姜女只觉得天旋地转，强忍着悲痛问道："那我丈夫的尸首呢？""死的人太多，监工都让我们给填到长城里了。"大伙说。

孟姜女再也控制不住自己的情绪。谁能想到一年多的苦苦等待竟换来了丈夫的死讯，连尸体都被埋进了长城，无从相认。她开始用手拍打着长城，放声大哭。在场的民工们听到孟姜女的哭声没有不低头流泪的，就连原本晴朗的天空仿佛都被她的哭声感动而阴沉了下来。突然，连绵不绝的长城塌陷了一段，露出一堆堆的骸骨，吓得人们目瞪口呆。面对着成堆的尸体，孟姜女想起了家乡的传说，自己的血能够渗入亲人的骨头里。于是她咬破了自己的中指，跟随着血滴滚动的方向，靠着对丈夫衣衫的记忆，终于认出了范喜良的尸骨，又一次哭昏了过去。

正在这时，巡视长城的秦始皇听说城墙被一个女子给哭倒了，既恼怒又好奇，带着三军来到了角山之下，见到了正在抱着丈夫尸体痛哭的孟姜女。荒淫好色的秦始皇垂涎于孟姜女的美貌，想把孟姜女占为己有，便相继派了几个老婆婆和中书令赵高带着礼物和珠宝去找孟姜女，却都被孟姜女拒绝了。最后，秦始皇亲自与孟姜女相见，孟姜女看到这个害死丈夫的仇人，强忍住怒火，对秦始皇提了三个条件：

第一，为她的丈夫立碑修坟，用最好的棺椁装殓遗骸。

第二，要秦始皇亲自为她的丈夫披麻戴孝，率领着朝廷上下百官为范喜良送葬。

第三，要秦始皇陪着她逛三天大海。

求娶美人心切的秦始皇马上答应了下来，按照孟姜女的要求给范喜良立了墓碑、修了坟墓，还身穿孝服、手持招魂幡，带领着满朝文武亲自为范喜良送葬。之后，秦始皇按照孟姜女的第三个要求，带她去了大海。正当秦始皇暗自欣喜，准备抱得美人归的时候，身边的孟姜女纵身跳进了一望无际的大海。

秦始皇吓了一跳，赶忙命令身边的随从下海打捞。随行人等刚刚跳进大海寻找孟姜女的身影，原本平静的海里突然掀起了滔天大浪，差点把他们都吞噬在海洋里，吓得秦始皇赶忙带着随从落荒而逃。

这大浪来自哪里呢？原来，是海里的龙王同情孟姜女的不幸遭遇，把投海的孟姜女接到了龙宫，又命令海里的虾兵蟹将们掀起了狂风巨浪。要不是秦始皇跑得快，恐怕就要被卷到海里葬身鱼腹了。

35．鹦鹉洲的由来

东汉末年，天下三分。当时，荆州的刘表向江夏太守黄祖推荐了一个人，这个人就是当时的名人祢衡。祢衡来到江夏后，跟太守的儿子黄射私交甚笃，两人经常一同吟诗作对。

长江的中间有一块平地，这个地方叫作江心洲。江心洲上毫无人迹，长满了杂草，不过野兔倒是不少。一日，黄射向祢衡发出了邀请，想请他一同前去江心洲射猎，品尝美酒。因为是黄射举办的宴会，参加的人很多，其中不少人还带着丫鬟、美酒前往。大家正喝得高兴，有个叫碧姬的美女拿着酒杯来到祢衡跟前，对他说："祢衡先生的名望如雷贯耳，今天能够在这里相见实在是太有缘分了。还希望先生不要嫌弃我身份低微，大家同饮这杯酒吧。"

祢衡从未想过自己能够在这里巧遇知己，一时高兴，拿起酒杯和碧姬干了一杯。酒过三巡，大家谈笑正欢，这时来了一个人，手里拿着一只红嘴鹦鹉准备送给黄射。黄射收到鹦鹉后，又把鹦鹉转送给祢衡，对他说："你要是能写一篇描写鹦鹉的文章，让在座的人好好欣赏一下，那么你就可以把这只鹦鹉带回家了。"碧姬格外兴奋，立刻帮忙研墨。祢衡在当时名震荆州，他的才华是大家有目共睹的，只可惜在乱世之中不能实现自己的抱负，实在是一件非常遗憾的事情。这天他看到了鹦鹉，感伤之情顿时涌现心头。趁着酒劲还没有消散，他作了一篇《鹦鹉赋》。在这篇文章里，祢衡把自己怀才不遇的心绪全写进了里头。他把自己比作鹦鹉，鹦鹉原本是一只神鸟，但是没有出头之日，只能被人们关在笼子里赏玩。祢衡得到鹦鹉后，又转送给了碧姬，当作是初次见面的礼物。没多久，祢衡写的这篇《鹦鹉赋》传到了黄祖那里。黄祖并不是很喜欢，反而担心祢衡今后会威胁到自己的地位，于是找了个借口就把他杀了。黄射非常伤心，就把祢衡的尸身安葬在江心洲上。

祢衡下葬的时候，碧姬穿着一身白衣，带着鹦鹉也来到了江心洲上。当她看到祢衡的坟墓时，她再也忍不住了，跪在墓碑前号啕大哭。她心意已决，一心想跟祢衡在一起，即便是做一对亡魂。之后，她站了起来，在墓碑前撞死了。鹦鹉对着她的尸体哀鸣不已，过了一天之后，鹦鹉也死了。这件事很快就传遍了整个江夏，人们纷纷解囊为碧姬修建坟墓，还把鹦鹉也葬在了他们旁边。经过了这件事之后，江心洲就改名为鹦鹉洲了。

36. 望帝化鹃

传说在古老的蜀国地区曾有一位名叫杜宇的部落首领，十分精明能干。他虽然出生在蜀地，但他其实是上天派来治理蜀国的。当时没有人有能力治理好蜀国，于是上苍派来了杜宇。杜宇不负上苍所望，带领着全国人民辛苦劳作，最终使蜀国摆脱了落后的打猎和耕种方式，跨入更文明的时代。百姓们都非常感恩，衷心地拥护杜宇。百姓们对精明能干的杜宇寄予了深深的希望，为了表达心中的感激和尊敬，尊称他为“望帝”。

长江下游靠近蜀国的东边有个地方叫荆州，在那个地方出现了一个人，名叫鳖灵。他犯了罪，被判处死刑。他不愿坐以待毙，于是选择了逃亡去蜀国。他连夜沿江划着一只小舟逆流而上，很快到达了蜀国。

鳖灵来到了蜀国，没过几天他就急着去拜见望帝，将他的治国之策向望帝娓娓道来。望帝看出了他心怀壮志，觉得是个值得重用的人才，便让他当了宰相，辅佐治国。

新官上任三把火，鳖灵大范围地进行改革。他大力修建水利工程，同时也提高了农业生产水平。从这以后，百姓们变得更加富裕，生活更加幸福，蜀国成了如天堂般的地方。

这样的安居乐业持续了几年，随着蜀地的气候变暖，玉垒山上的积雪都融化了。玉垒山靠近京城的西北，大量雪水涌向了蜀国，酿成了全国性的水灾，老百姓深受其害，民不聊生。鳖灵借鉴大禹治水的先例，带领百姓们敲石挖土，疏通河道，还在河道旁修建堤坝，种植树木来抵御河水泛滥。蜀国人民经历了各种艰难险阻，最终战胜了水灾，并在被灾难破坏后的土地上重建家园，开始了安稳快乐的新生活。

成功治水的鳖灵回到京城，望帝赶到距离京城很远的地方迎接他，还设了庆功宴，号召举国同欢。望帝深知鳖灵这次功不可没，内心认可鳖灵是最适合帝位的人选，决定让位于他。望帝又担心鳖灵不会就这样接受禅让，于是在一天夜里离开了皇宫。望帝来到了西山，开始了修道隐居的生活，再没有回过皇宫。

在要离开皇宫的时候，望帝写了份诏书，内容是自己心甘情愿让位于鳖灵，要求全国人民拥护和爱戴新的君王。新君王鳖灵以“开明氏”为自己的帝号。

没有想到鳖灵成了帝王后，渐渐暴露了他的本性。他只知享乐，生活放纵奢侈，荒淫无度，很快把国家原先积累的财富都耗尽了。之后，他开始对百姓征收苛捐杂税，置百姓们于水深火热之中。望帝知道这样的情况后，内心十分懊悔，觉得是自己害了自己的子民，于是怀着悔恨离开了人世。

望帝死后还是挂念着人民，化身为一只杜鹃。每年二月的初春时节，这只杜鹃一声比一声哀伤地啼叫，直到啼叫出血才会停止。这不仅是他思念臣民，更是提醒百姓们要按时播种，以免错过最好的耕种时节。为了报答望帝的爱民之心，听到啼叫声的人们就开始了一年的辛勤劳作，期待一份好的收成。

37. 鲤鱼跳龙门

很久很久以前，宁河龙溪河畔的百姓们人人安居乐业，生活幸福美满。

有一年，乡里突然飞来了一条恶龙，它法术高强，能够吞云吐雾、呼风唤雨。这条恶龙四处破坏百姓的庄稼，残害无辜，为非作歹，整个峡谷被它搅得鸡犬不宁。每年的六月六日是这条恶龙的生日。这一天，恶龙就会强迫乡民们献上十头大黄牛、一百头猪，还要献出一对童男童女供它享用。乡民们如果不答应，恶龙就会到处残害生灵，因此宁河的百姓只能忍气吞声，年复一年地供奉着恶龙。

在龙溪镇上，有一个名叫玉姑的小女孩，天生聪明伶俐而且美貌动人。看着自己的乡民们个个叫苦连天，玉姑发誓要除掉这条恶龙。玉姑多次登上云台观寻找云台仙子，希望仙子能救救百姓，却一直都找不到仙子。终于有一天，云台仙子被玉姑的诚心和毅力打动了，施法现身对她说道："距离此处千里之外有个鲤鱼洞，洞里有位鲤鱼仙子，她能帮你除掉这条恶龙。"

玉姑告别了云台仙子，一路上历尽了艰难险阻，终于找到了鲤鱼仙子。鲤鱼仙子知道了玉姑的心愿后告诉她，要想为民除害就必须得牺牲自己，用自己的性命换取恶龙的性命，玉姑毫不犹豫地答应了。于是，鲤鱼仙子向玉姑喷了三口白色的泉水，玉姑立刻变成了一条美丽轻巧的红鲤鱼。

小鲤鱼逆流而上，一直游了七七四十九天，才回到了宁河龙溪。回来的这天正是六月六日，也就是恶龙的生日。乡亲们已经准备好供奉给恶龙的十头大黄牛、一百头肥猪还有一对童男童女，正敲锣打鼓地向恶龙所在的洞口走去。乡里的妇女们都哭成了泪人，那一对身穿红衣红裙的童男童女更是害怕得号啕大哭。玉姑变回了小姑娘的模样，拦在了乡亲们的前头说道："大家不要害怕了，也不要再供奉这条恶龙，现在我就去除掉这条害人不浅的孽龙！"说完便纵身一跃跳入水中，瞬间变成了一条大红鲤鱼。此时，恶龙正准备享用百姓的供奉，早就得意地张开了血盆大口。玉姑于是从水中一跃而起，向恶龙口中钻去，在恶龙的肚子里来回穿刺，将恶龙的五脏六腑都搅碎了。恶龙疼痛难忍，死在了峡谷中，而玉姑自己也葬身在恶龙的肚子里。

恶龙被消灭了，宁河的百姓又过上了男耕女织的幸福生活。人们为了纪念牺牲自己为民除害的玉姑，在峡谷中修建了一座鲤鱼庙，烧香供奉这位大英雄。在今天的宁河一带，还流传着鲤鱼跳龙门的故事。

38. 天狗吃月亮

传说中，在很久很久以前，有一位善良热心、喜好佛法的公子，他的名字叫“目连”。然而，目连的母亲却有着和他相反的性格，十分恶毒和暴戾。有一次，目连的母亲突然生出了一个坏心思：寺庙里出家的僧人都是吃素的，我要戏耍他们一下，让他们开一次荤。于是，目连的母亲让仆人们用狗肉做了三百六十个馒头，准备当成素馒头去寺庙里布施。

善良的目连得知了母亲的计划，急忙劝阻，奈何母亲打定了这个恶毒的主意，不愿意听从目连的话。于是目连赶忙来到寺院里，通知了方丈。方丈收到消息，也想出了一个对策，就是把事先准备好的三百六十个素馒头藏在和尚们的袍袖中。目连的母亲果然带着狗肉馒头来施斋了，早有准备的和尚就在饭前诵经时，悄悄用素馒头调换了狗肉馒头，之后再吃下去。

目连的母亲看到和尚们都吃了自己带来的馒头，笑得合不拢嘴：“大家都来看啊！今天庙里的和尚吃肉啦！”听到她的嘲笑，方丈在心里向佛祖请罪，等到目连母亲走了以后，又将这些狗肉馒头埋在了寺院的后面。

掌管天庭的玉帝知道了此事，很是愤怒，把目连的母亲发落到了十八层地狱，变成了一条恶犬，承受永世不得超生的苦难。知道了玉帝惩戒母亲的消息，身为孝子的目连十分痛苦，于是开始日夜研读佛法。终于，目连成为地藏菩萨。救母心切的目连用锡杖打开了地狱之门，却没有想到地狱里的恶鬼们也纷纷和母亲一起逃了出来，到人间为患。玉帝对目连的行为大为恼火，惩罚目连下凡转世，投胎成为黄巢，也就是唐朝末年的起义军首领。在历史上他“杀人八百万”的举动，相传就是为了收服那些从地狱逃出来的妖魔鬼怪。

而逃出了地狱的目连母亲在哪里呢？被玉帝变成恶狗的她，对玉帝怀恨在心，于是来到了天庭想找玉帝报仇。天庭这么大，她又哪里找得到玉帝呢？很快，目连的母亲就迷路了，转过头来开始追赶天上的太阳和月亮，想吃了它们把人间变成黑暗、混沌的地狱。变成疯狗的目连母亲疯狂地追着太阳和月亮，追到月亮吃月亮，追到太阳吞太阳。然而，凡间的人们发现这只天上的恶狗最怕听到锣鼓和爆竹的声音，于是便敲锣打鼓、燃放爆竹，让已经吞下了太阳或者月亮的恶狗再吐出来。不甘心的恶狗会再次凶狠地追赶上去……如此一次次地循环往复，就成为天上日食和月食的传说。

39. 煮海治龙王

在很久很久之前，位于舟山的西南方向有一座神秘的小岛，名叫“金藏岛”，岛上到处都是黄金。很快，这件事情被东海龙王知道了。他是一个十分贪心的人，想把岛上所有的宝藏占为己有。于是，他派出兵将来到金藏岛夺宝。一时间乌云盖日，狂风暴雨不止，海浪翻起了数十丈高。岛上的树木、房屋都被吹倒了，村民也被砸伤了，人们的哭喊声一直没有停歇过。

金藏岛上住着一位仙女，名叫“纺花仙女”，她就住在纺花山上。东海龙王的所作所为她看在眼里，非常气愤。她拿起一把扫帚，朝东海的方向扫了一下。霎时间，数十丈高的海浪退了回去，大雨也停止了。村民们得救了，大家纷纷跑到纺花山上躲避。

纺花仙女不想让村民看到自己的模样，就变成一个年过百岁的老婆婆。老婆婆对村民说：“东海龙王想要淹没金藏岛，这里的百姓都会遇难。想要保住这座岛，大家就一起来纺花吧。我们把纺出来的花织成渔网，去跟龙王战斗！”听到老婆婆这么说，所有村民都前来一起纺花。他们一直在纺花山纺花、织网。日子一天天过去，等他们织好后，才发现自己已经织了七七四十九天，渔网重达九九八十一斤。

现在，渔网有了，但是让谁去跟东海龙王战斗呢？这时候，有个孩子站了出来，大喊道："让我来吧！”这个小孩的名字叫"海生”。大家看到说话的是一个小孩子，心里有些打退堂鼓。海生太小了，到了海里哪能打赢东海龙王呢？但是，纺花仙女却同意了："与东海龙王决斗靠的是胆识，而不是年纪。既然海生已经下定决心了，那就由他去吧！”说罢，纺花仙女取出了一件用金线织成的衣服，交给海生，并且告诉了他几句口诀。

海生刚把衣服穿在身上，就觉得全身有些发痒。他念了一句口诀，他的身体马上就开始变大，手臂也变得十分粗壮，像是一个巨人。村民们简直不敢相信自己的眼睛。海生变大了之后，力气也变得十分大，一下子就托起了渔网。跟村民们告别后，海生立刻就下山了，他纵身一跃，跳进了大海里。

奇怪的是，只要是海生到达的地方，海浪就退开，海水分成两边。原来，纺花仙女送给海生的金线宝衣可以避水，只要海水碰到宝衣就会后退。没过多久，海生就走到了大海的中央，他拿出随身携带的渔网，喊了一句"变大！”渔网一下变得跟大海一样大。海生将渔网撒下大海，一网就把狗鳗精抓住了。他是东海龙王的护宝将军，知道"煮海锅”的下落。离开纺花山之前，纺花仙女曾经告诉过海生，一定要得到煮海锅这个宝贝，这样才能拯救金藏岛。

渔网既然能够变大，就能够变小。渔网越来越小，直到把狗鳗精勒得喘不过气来。海生让狗鳗精马上交出煮海锅。狗鳗精实在是难受死了，他只能答应带海生去偷宝贝。煮海锅藏在东海龙宫的百宝殿里。那里放着各种宝贝，到处都是金光闪闪的。但是海生并没有在意那些发光的宝贝，而是拿了一口乌漆墨黑的锅就走了。

在纺花仙女的指点之下，村民们把煮海锅架了起来，然后将海水放入锅中，点火煮水。没过多久，锅里的水就开始冒白汽了，又过了一会儿，水就开了。东海龙王带着所有的兵将把头探出水面，向村民们求饶。纺花仙女喝道："赶快退潮，再也不要来金藏岛了，不然的话，我就继续煮！"东海龙王立刻下令退兵，巨大的海浪也慢慢平静下去了。被海水淹没的金藏岛再次露出了水面。可是村民们万万没有想到，当他们把火扑灭的时候，龙王出尔反尔，海水又涨了起来。

这可如何是好呢？海生气得怒发冲冠。他的脚往地上一跺，顿时整座岛都摇晃起来了，所有的金子都从地底下蹦出来，形成了一道无边无际的海塘，挡住了海浪。无论海浪多么凶猛，都没有把海塘摧毁。东海龙王觉得无法战胜村民，就只好收兵回去了，金藏岛终于安全了。之后，人们干脆叫这座岛为"金塘岛"。

40. 年的故事

在很久很久之前，深山老林之中出现了一头非常凶猛的怪兽，它的名字叫“年”。

“年”的身体非常庞大，性格也很火暴。它还有一张巨大无比的嘴巴，谁要是打扰它休息，它就会一下子把他吞下去。跟别的怪兽不同，它非常懒惰，一年中有三百六十五天的时间它都在睡觉。最后，它是被饿醒的。当它醒后，它就会疯狂地去找食物，只要是能吃的它都吃，当然，它也会吃人。等它吃饱后，它就会回到深山老林之中继续睡觉，直到三百六十五天之后，它将再次醒来。

山下的村民都很害怕，因为“年”每隔一年都会到村子里来，并且还会吃掉村民。

村子里住着一个年轻人，叫阿宝。他的亲人全部被“年”吃掉了，只剩下他一个人了。他对这只凶猛的怪兽是又害怕又憎恨。

眼看除夕就要来临了，大家开始准备东西，想要去山上躲一晚，以免被“年”吃掉。这一天，村子里来了一个陌生人。他的头发花白，胡子比他的人还要长，肩上背着一个沉重的包袱，手里拄着一根拐杖，一步一步走进村子。大家都在忙着手里的活，谁也没有注意这个陌生的老人。有些人只是看了他一眼就走了。

老人一直往前走，直到来到阿宝家的家门口。阿宝看到老人非常可怜，于是从屋里拿来了食物给他，还叮嘱他快些上山，因为“年”就要来了。可谁想，老人并没有很害怕，反而摸着胡须，微微一笑，说：“年轻人，我能在这里歇一宿吗？”

阿宝简直不敢相信自己的耳朵，说：“今天就是除夕了。到了晚上，‘年’就会来了。大家都在准备东西去山上躲避，你怎么还想留宿在这里呢？”

老人一言不发地站在原地，微笑地看着阿宝。

阿宝看老人如此执着，只好说：“那你今晚就在这里住下吧。”

“年轻人，你的心地真好。今晚，你哪儿都不用去了。”老人把肩上的包裹取下来，打开，从中拿出两张长条形的红纸来，并对阿宝说，“你把它们贴到门上就行了。”

阿宝有些疑惑，问老人：“为什么要在门上贴红纸呢？”

老人并没有回答阿宝，他仍旧朝阿宝笑了笑，说：“你贴上去就是了。听我的，准没错。”

阿宝虽然心里充满了疑惑，但还是把红纸贴了上去。之后，他就将老人扶进屋里休息。

老人又从包袱里拿出两支红色的蜡烛，递给阿宝，说：“天黑的时候，你就点上蜡烛。”

阿宝家并不是没有蜡烛，只是他的蜡烛都是白色的，而老人给他的却是红色的。阿宝就问老人：“你的蜡烛为什么是红色的？”

老人依旧没有回答阿宝的问题。他看到院子里放着一堆竹段子，于是对阿宝说：“我觉得有点凉了。年轻人，你能帮我把院子里的竹段子烧起来吗？”

善良的阿宝听到老人的请求后，就去院子里生火了。

这时，天已经黑了。沉睡了三百六十五天的“年”终于醒过来了。它走出深山老林，来到了阿宝住的村子，想寻找食物。但是每户人家的门都关着，除了一些秸秆，什么吃的都没有。

“年”心想：今年的除夕，村子里的人怎么都不见了呢？

“年”找了一晚，还是什么都没有找到，它只能去吃一些秸秆。秸秆很干，而且味道也不好，“年”吃得很恼火。忽然，它似乎闻到了人的味道。它立马把难吃的秸秆丢掉，心想：我一定要找到那个人，美味的人肉，我来了！一想到这些，它的口水就不住地往外流。

“年”顺着气味一路寻找，终于，在一户人家的门口，它停下了脚步。原来这就是阿宝家，气味就是从里面发出来的。

“年”刚想破门而入，但是它的头却开始有些发晕。“这家人的门上为什么要贴着两张红纸？看得我两眼发花。”

它趴到院墙上，看见屋子里有两个光点，还是红色的，像极了一头体形巨大无比的怪兽的眼睛。“年”吓了一跳，心想：这是什么怪兽呀？比我还要大，它的眼睛还发着红光，简直太可怕了！事实上，屋子里的那两个红色的光点是两支红蜡烛发出来的。

与此同时，院子里又发出了“噼里啪啦”的声音。“年”吓得往后退了好几步。它连忙转身逃跑，一口气跑回了深山老林之中。它一边跑，还一边大喊：“哪儿来的大怪兽啊？大怪兽要来吃我了！”没过多久，“年”的声音就消失在远处了。

看到“年”被吓得逃跑，阿宝和老人都高兴地笑了起来！

“原来‘年’怕红色和爆炸声！”阿宝的心里仍旧充满了疑惑，他问老人：“老人家，你是如何知道它会害怕这两样东西呢？”

老人微微一笑，他告诉阿宝：“善良的年轻人，我是神仙，到这里来的目的就是帮助人间赶跑‘年’兽。你现在已经知道该如何对付它了，往后你们照着做就是了。好好过个除夕吧！哈哈哈……”一眨眼的工夫，老人就消失了。

新年第一天，村民们陆陆续续从山上回到村里。他们看到自己的家完好无损，都很奇怪。就在这时，阿宝慢慢从自己家里出来，把昨晚发生的事情跟大家说了一遍。起初，大家有些难以置信，众人纷纷跑到阿宝家，看到他家的门上果真贴着两张红纸、院子里的竹段子还在燃烧、屋子里还点着红蜡烛……

村民们各自回到家中，换上了新衣服，去别家问好，祝贺新的一年来临。这件事情在当地就流传开了，大家都知道了对付“年”的方法了。

从那以后，每逢除夕，挨家挨户都会贴春联、放爆竹，守在家中。等第二天早上的太阳升起，人们又开始到亲朋好友家问好。渐渐地，这就形成了一种风俗，这也是中国最重要的一个节日。

41. 开天门

传说在很久以前，为了让凡间的人们都能过上富足幸福的生活，每个除夕的夜晚，玉皇大帝都会打开天庭的大门，把金银珠宝等珍稀的宝物撒向凡间。一时间，凡间变得金光闪闪，到处都是从天而降的宝物，就连那些普通的石头都变成了金子。

在播撒财宝之外，天庭还制定了一条特别的规定：无论是谁都不能贪心，自己捡到的财宝必须得保存在家里，等到天亮了才能打开家门。在一个叫作李家庄的村庄里，住着一对兄弟。他们虽然是亲兄弟，但性格却截然相反。大哥的名字叫狗崽，十分恶毒尖刻，没有什么能阻挡他对财富的贪婪，他也从来不会向需要的人提供帮助。弟弟的名字叫作五子，和哥哥不同，是个善良、勤劳的小伙子。

又到了一年的除夕，两兄弟坐在家里等待着玉皇大帝打开天门。等了很久很久，天门还是没有打开。于是狗崽便想到了一个主意，把家里的磨盘、石磙都搬到了家门口，还找来了一大堆大石头也堆在了门口，准备等天门打开时把这些变成金子再搬回家。弟弟五子是个忠厚的人，看着大哥在家里忙碌着，他没有心动，只是老老实实地等待着。

天一点点变黑了，到了三更的时候，玉帝终于打开了天门，兄弟两人家中的砖头、瓦块都化为了闪闪发光的金子。五子用一个筐子把这些金子搬进了家，然后按照天庭的规矩关上了家门，没有再出来。而大哥狗崽呢，则是拼命地搬着事先准备的磨盘、大石头，当然这些重物也被玉帝变成了金银珠宝，大哥看着堆满了屋子的宝贝们，开心地做着自己的发财梦。

想着等天亮自己就变成最富有的人了，狗崽激动得睡不着。他焦急地等待着天色变亮，好挥霍凭空得来的这些财宝。等啊，等啊，天却还是没有亮。狗崽实在忍受不住等待的折磨，便忘记了天亮前不能开门的规矩，推开门来到院子里望着天空发呆。

打发了一会儿时间，他再次厌倦了起来，于是踱步回了屋子。可当他定睛一看，发现屋里的金银财宝都已经变回了石头。对财富的幻想在一瞬间变成了泡沫，他气得坐在了地上大哭起来。而老实忠厚的五子则带着捡来的金银回了屋子，和往常一样进入了梦乡。当他一觉睡醒看着眼前的财宝，高兴得跳了起来。

就这样，每年玉帝照常在除夕夜向凡间播撒金银，但他渐渐地发现，像狗崽一样贪得无厌的人变得越来越多。玉帝很失望，从那以后，便再也不愿意打开天门了。

习惯了在除夕收获凭空而来的财富，人们还是在每个除夕的夜晚痴痴地望着天空，不肯睡去。但很多年过去了，天门还是再没有打开过。

42．巫山神女瑶姬

传说中，瑶姬是王母娘娘的二十三个女儿中最小的一个。她美貌动人、聪明伶俐，天生一副善心肠，最讨王母娘娘的宠爱。可她活泼好动、古灵精怪的性格却也最让王母放心不下。

瑶姬慢慢长大，闯的祸也是越来越多。时不时就会有人向王母禀报：瑶姬小公主去天河里玩水了，小公主爬到了蟠桃树上捉鸟了，小公主闯进瑶池禁地采荷花了……王母娘娘很头疼，好几次想要把瑶姬关到房间里，可是看见女儿那楚楚可怜的模样，就又舍不得了，只好一次又一次教育她，告诉她女孩子不该这样。可瑶姬还是一副我行我素的样子，根本不把母后的话放在心上。二十二位姐姐每每看见母亲因为瑶姬烦心，都安慰她说，可能是瑶姬的年纪太小了，等她长大了就会懂规矩了。

对一些小事情，王母娘娘都睁一只眼闭一只眼地过去了，可是有一天她看见瑶姬正在南天门偷看凡间，一脸羡慕的样子。这下王母生气极了，她怒气冲冲地对瑶姬说：“你平时在天宫调皮也就算了，竟然如此大胆，偷看凡间！你可知道，神仙思凡是大罪，更何况你还是堂堂的公主！”

瑶姬大胆反驳道：“母后您看，凡间的生活是多么自由自在啊，那些游动的鱼儿和飞翔的鸟儿是多么快乐啊，我也想下凡去生活！”王母更加生气了，她说：“我的女儿，那凡间没有你想的那么快乐，这凡间百姓个个衣衫褴褛，吃糠咽菜，生活多么艰苦啊。听母亲的话，还是老老实实地做一个神仙更逍遥自在，不要再想着下凡去了。”

瑶姬看见了人间的各种悲苦后，哭着跪下恳求王母娘娘说：“母后，正因为凡人艰苦，我作为神仙才更应该去解救他们啊，求您答应让我下凡吧！”看着女儿坚定的样子，王母也不忍心了。她突然想起爱慕瑶姬的东海龙王，于是扶起瑶姬说：“倘若你坚持要下凡，那我也不再拦着你了，但是你必须答应我先替我去看望东海龙王，之后再去人间历练。”瑶姬高兴地说：“我答应您，只要让我下凡去，母后让我做什么都可以！”

瑶姬不知道，龙王早就向王母娘娘提亲，想要娶瑶姬为妻。她来到龙宫，东海龙王百般献殷勤，对瑶姬寸步不离，一脸的花痴模样。龙王让瑶姬坐在黄金椅子上，亲自给她倒满了一杯美酒，大笑着说：“当年本王曾向王母娘娘提过亲，想要娶你为妻，如今你母后派你来看望我，也算是答应了这门亲事，这良辰美景不可辜负，不如我们……”瑶姬一把将龙王推开，生气地说：“我是被母后骗来的，并没有答应你的亲事，还请龙王自重。”说着就离开了龙宫。

瑶姬来到了长江，看见百姓们的房屋田地都被洪水给淹没了，可是暴雨仍在不停地下着，百姓一个个苦不堪言。瑶姬心想：这洪水那么大，龙王怎么还下雨？仔细一看，原来空中有十二条东海龙王手下的孽龙在作怪。这可把瑶姬气坏了，东海龙王对自己无耻也就算了，竟然让自己的属下这样为非作歹。瑶姬摘下王母娘娘送的宝物碧玉簪，念着咒语轻轻一挥，杀死了孽龙。再一挥，立刻就云开雾散，阳光明媚了。

孽龙虽然被杀死，可是它们的尸体却化作了十二座山，落到了江水里。百姓的田地和房屋已经被洪水摧毁了，看着无家可归的人们，瑶姬很难过，决定留在这里继续帮助他们。

王母娘娘知道了瑶姬在凡间的所作所为，又是生气又是担心，就叫来了其他二十二个女儿，说道："瑶姬在人间一定吃了不少的苦，以前的事情我也不再追究什么了，你们去把她接回天宫吧，就说母后我想她了。"二十二个仙女于是兴高采烈地下凡去接瑶姬。

姐妹们久别重逢，抱在一起哭了很久。二姐握着瑶姬的手，说："母后知道你在凡间受苦，很担心你，我们大家也都很想念你，这次就是专门接你回天宫的，你不要再留恋人间了。"瑶姬擦了擦眼泪，说："我也很想念大家，可是这里的百姓还在受苦，我怎么能独自回天宫享福呢？姐姐们，我实在是不忍心啊！"

这时，仙女们看见对面的山坡上有一只老虎正在追着一个人，瑶姬赶紧施法用石子将老虎打死。仙女们又发现山脚下有人得了重病，危在旦夕，瑶姬又用碧玉簪变出灵芝仙草救了他的命。不远处的江上，纤夫正用力地拽着纤绳，可是船一动不动。瑶姬就吹口气刮起了大风，纤夫借着风力轻松地拽动了船。瑶姬转过头，对姐姐们说："百姓们生活得很不容易，我只是想尽自己的一份力来帮助他们。"

仙女们看到瑶姬的善行，也都理解了她，对她说："瑶姬，你说得对，我们也要留在这里和你一起帮助百姓。"接着，又有仙女说："我们如果都留在了人间，那母后怎么办？作为女儿，还是应该回天宫时刻陪伴在母亲身边照顾她的。"于是仙女们分成了两派，双方争执不下。最后她们听了瑶姬的建议，一半留下，一半回天宫。

最后，登龙、松峦、翠屏、集仙、朝云、聚鹤、净坛、起云、飞凤、上升、圣泉和瑶姬留在了人间，其他仙女回到天宫照顾王母娘娘。从此，这十二位仙女就留在巫山，生生世世地守护着这里的百姓了。这就是巫山十二峰的由来。

如今在三峡中，即使在云雾缭绕时依旧能清楚看到的山峰，便是望霞峰，也叫作神女峰。它高耸入云，山形若隐若现。据说，那就是神女瑶姬所变的。

43. 麻姑献寿

五胡十六国时期，在我国北方的后赵，有一位长相俊美、服饰亮丽的女孩。她总是梳着一个大发髻，留着及腰的乌黑长发，人们都叫她麻姑。她不仅人美，心地更美，经常帮助别人，特别是那些生活不如自己的人。相反，她的父亲却是一个脾气暴躁、蛮横跋扈、刁钻刻薄的人，经常欺负弱小。

虽然父亲有这样的坏名声，麻姑依然对父亲尽责尽孝。一天，麻姑在山里采果子，她费了好大劲才找到一个桃子。因为在当时桃子十分珍贵，麻姑首先想到用它来孝敬父亲。于是，她小心翼翼地把桃子藏进怀里带回家。

在赶回家的路上，麻姑看到一群人围在路边，似乎在看什么。她觉得很奇怪，于是走上前去看看。只见一位穿着黄色衣服的老太太倒在路边，奄奄一息。旁边一个人说道："老太太是饿得撑不住了，谁能喂她吃点食物，说不定能救她的命。但是现在是战乱年代，食物也太难找了。"其他围观的人也只是嘴上说说，没有真正采取点实际行动来帮助这位老太太。老太太虚弱得只剩一口气了，麻姑不忍心见死不救，立即拿出藏在怀里的桃子，俯下身一点一点地喂给老太太吃。

这个桃子不一般，不但个头大，而且十分甘甜，老太太吃下后不久就恢复了意识。一旁围观的人们纷纷赞扬麻姑，说她是个心地善良的好姑娘，一定会有好报的。

苏醒的老太太饿得太久，一个桃子显然不够，连走路的力气也没有。她虽然十分感谢麻姑救了她，但还是请求麻姑再给她弄些粥或者汤来喝。

当时正值灾年，粮食稀缺，不知道有多少人死于饥荒，粮食成了最宝贵的东西。心善的麻姑认为自己不能不管老太太的死活，毫不犹豫地告诉老太太自己会去给她找食物，让她放心地等着她。边如此答应着，麻姑边起身迅速地赶回家，准备给老太太煮粥。

麻姑的父亲碰巧得知此事，他认为麻姑不该给老太太吃桃子，更不应该煮粥。他对麻姑大发雷霆，还禁止麻姑出门，把她关在家里。

可被关起来的麻姑心里还是惦记着那位老太太。好不容易等到夜深人静的时候，父亲已经熟睡了，她偷偷地拿着粥，出门去找老太太，可是到了原来的路边却早已不见人影。借着月光，她看到本该是老太太躺着的地方留下了一颗桃核。麻姑没有找到老太太，就把桃核拿回家去了。回到家，麻姑躺下闭上了眼睛，脑中立刻浮现出之前遇见的那个老太太的身影。老太太笑容满面地走向她，安慰她道："别难过，我还活着，你真是个善良的孩子，让你受苦了，谢谢你，以后我们有缘再见吧。"说罢，便飘然离去。

第二天麻姑醒来后，把桃核种到了家里院子的角落里。过了一个月，居然长出了一棵十分高大的桃树。来年的第一个月，树上已是硕果累累。熟了的桃子都被麻姑摘下来，送给落难逃荒的老人们吃了。吃了桃子后，老人们不但不饿了，居然连早年落下的旧毛病也好了，精神和气色都比之前强上百倍。麻姑这时才意识到，之前遇到的老太太并非落难之人，而是下凡的神仙，想通过她来帮助更多的人。

麻姑的父亲叫麻秋，后来因为打仗立功，得到皇帝的赏识，当了一名大官。皇帝把建设皇宫的重任交给了麻秋。为了尽快交差，也为了得到皇帝更多的赏赐，麻秋开始逼迫老百姓日夜不停地工作，一点休息的时间也不给。麻秋命令，干活的人只有听到鸡叫的时候才能稍稍休息一下。麻姑看在眼里，心里却为那些老百姓担忧。她想帮助他们，于是每到晚上，她都在鸡窝旁模仿鸡叫。她带了个头，其他鸡也都跟着叫起来，老百姓听到之后就能休息了。没过多久，麻秋就发觉了老百姓在偷懒。他查到这件事是麻姑做的，气得准备好好地教训一下女儿。

麻姑知道父亲想要责罚她，就从家里逃出来，跑到了山上。麻秋这下更加生气了，他下了狠心要烧山，就算烧死女儿也全然不顾。在麻姑生命受到威胁的关键时候，王母娘娘正巧路过此地。王母娘娘听闻麻姑之前做了不少善事，见她落难至此，就立即救了她，还让她做了自己的弟子。

王母娘娘的生辰是三月三日，在那一天，在天宫的蟠桃大会上，其他神仙都前来向王母娘娘祝寿。有四位花仙子也来了，她们还邀来了麻姑参加大会。麻姑带来的礼物是用一个古老的坛子装着的寿酒，这寿酒可是用灵芝在绛珠河畔酿成的。打开酒坛后，醇香四溢，引得其他神仙纷纷称赞麻姑。王母娘娘也喜滋滋地好好夸奖了麻姑，封她为女寿仙，麻姑献寿由此得名。

44. 哪吒闹海

传说在陈塘关，有个名叫李靖的大将军。他的夫人怀胎三年，孩子却一直没有降生。有一天，李夫人终于生出了一个大肉球，在地上到处乱滚。李将军害怕这肉球是个妖怪，只能忍痛拿起宝剑向肉球砍去。肉球被劈开，从里面蹦出了一个胖乎乎的小男孩。李夫人抱着自己的孩子，高兴地说："老爷，他不是妖怪，是我们的孩子啊，我们就叫他哪吒吧。"

过了一段时间，李府来了一位叫太乙真人的神仙，对李靖说："恭喜李大将军喜得贵子，我很喜欢这娃娃，想要收他做我的徒弟，把这镯子和手帕送给他，不知道李将军同不同意？"李靖激动地说："神仙能收小儿为徒，实在是他的福气。"哪吒也很高兴，他接过礼物，兴奋地问太乙真人说："师父，师父，这镯子和手帕真好看，它们有名字吗？""这手镯叫乾坤圈，手帕叫混天绫，它们都是很厉害的法宝，哪吒你一定要小心地使用。"太乙真人回答道。哪吒一边点头，一边去玩了。

很快，哪吒就七岁了。有一天天气炎热，他就跑到了大海里去洗澡。哪吒拿出混天绫，想在水里洗一洗。谁知道那混天绫在水里一晃，海上立刻就掀起了大浪，整个东海龙宫也摇晃得厉害。东海龙王很害怕，就派夜叉去看看是怎么回事。夜叉来到岸上，看见哪吒正在洗澡，拿起斧头就向他砍去。小哪吒左躲右闪，一不小心就用乾坤圈把夜叉打死了。

龙王知道哪吒打死了夜叉后，气得胡子都飞了起来，又派自己的三儿子带着一大堆虾兵蟹将去捉哪吒。龙王三太子怒气冲冲地飞出水面，对哪吒说："是你这个小娃娃打死我家夜叉的吗？"哪吒说："是我，我在这里乖乖地洗澡，那夜叉一出水就拿斧头砍我，我就用乾坤圈碰了他一下，谁知道他就死掉了！"三太子根本不听哪吒的解释，命令虾兵蟹将捉住哪吒。哪吒看情况不好，就用混天绫将三太子紧紧缠住。三太子被哪吒打得现了原形，变成了一条小龙。哪吒想着爸爸缺一条腰带，就又把三太子的龙筋抽了出来。那些虾兵蟹将一看三太子被抽了龙筋，都连滚带爬地溜走了。哪吒就甩着手里的龙筋高兴地回家了。

龙王失去了自己的儿子，悲痛万分，一气之下化为人形来到了陈塘关。龙王找到了李靖，怒气冲冲地说："李靖，把你的儿子哪吒给我交出来。他不但打死了我家夜叉，还把我儿子的龙筋抽了出来，我今天一定要讨个说法。"李靖疑惑地回答道："您肯定是弄错了吧，我儿子哪吒今年才七岁，他哪里有那么大的本事？我这就去把他找来问问。"

李靖里里外外找了好久，终于在一间小茅屋里找到了哪吒，着急地问道：“你怎么跑这里来了？龙王说你打死了……”没等话说完，李靖就看见哪吒手里拿着龙筋在玩，这才知道龙王说的是真的，无奈只好带着儿子去向龙王赔罪。

哪吒看见龙王难过的样子，说道：“龙王爷爷，我不是有意打死你儿子的，是他们先要杀我，我就用混天绫和乾坤圈还了几下手，没想到他们那么不禁打。您别难过，这龙筋我还给你就是了。”龙王一边流着泪一边摸着龙筋，说：“哪吒，你等着，我要去天帝那里告你的状，一定要你血债血偿！”说着，就化成龙向天宫飞去了。

45. 月下老人

在大唐盛世时期，有个叫作韦固的人，他即将迎娶相州刺史王泰的掌上明珠。王泰的女儿十分贤惠，长相也十分美丽，唯一美中不足的便是在她的眉宇间有一道疤痕。韦固感到很惊讶，于是问岳父：“岳父大人，请问这道疤痕是从何而来的呢？”这时，刺史王泰十分气愤地说道：“那是在十四年前的宋城，我的女儿和她的保姆陈氏在米市上经过，突然街上出现了一个暴徒，不分青红皂白地刺了小女一刀，险些就要了小女的命。好在有惊无险，可还是留下了这疤痕。”韦固听完却愣住了，因为他想起了十四年前自己在宋城的经历。

十四年前，韦固在一次去宋城游历的途中，在一个叫作南店的地方住了几晚。

一天夜里，韦固走在南店的街上，迎着月光，他发现有一位老人正坐在地上翻阅书籍。韦固看见那本书的厚度十分惊人，于是好奇地走上前去和老人打招呼：“老爷爷，你这书怎么这么厚啊？请问这是什么书？”老人一边笑，一边摸着自己身旁装满红绳子的布袋子说：“你当然没见过，这书上写的是天下男女的婚姻大事。看见这些红绳子没有？这都是用来系在男女脚上的，系在一根红绳上的男女就是命中注定的夫妻。无论他们曾经有多大的仇恨，也会重新和好，然后结为夫妻的。”韦固听完，大笑道：“你这老人怎么可以胡说八道呢？不要和我开玩笑了，你这本书还有这红绳子到底是……”还没等韦固说完，老人已经背着布袋抱着书，站起身来大步流星地向米市走去了，韦固于是便跟上前去。

在米市的街上，迎面走来了一个失明妇女和一个三岁左右的小女孩，老人告诉韦固说：“这小女孩长大以后，便是你的妻子。”韦固很愤怒，觉得老人又在和自己开玩笑，就命令自己的仆人杀掉小女孩，这样一来，小女孩便不会成为自己的妻子了。他的仆人于是上前刺了小女孩一刀。正当韦固打算找老人问清楚时，却发现那位月下老人已经消失了。

十四年前的事情在脑海中不断涌现，韦固呆呆地看着岳父大人，一时说不出话来，又过了半炷香的时间才回过神来。韦固这才把十四年前自己遇到那位月下老人的事娓娓道来。岳父王泰听后，也感到十分惊讶，内心久久不能平静。

此时的韦固才知道，那个月下老人的“胡话”竟然是事实，他与妻子的姻缘的确是上天注定的。婚后，韦固十分疼爱自己的妻子，他们彼此也都很珍惜这段婚姻。

韦固的事情一传十、十传百，在百姓中间流传开来。人们都开始相信，男女的美满婚姻是由一位月下老人在双方的脚上系上红绳来成就的。宋城的人们为了纪念这位月下老人，便将“南店”改名为“订婚店”。此后，人们把撮合男女婚姻的媒人又称为“月下老人”，最后就演变成了如今的“月老”。

46. 门神的传说

传说在唐太宗时期，有一天，长安城来了一位叫作袁守诚的算命先生。据说，袁守诚知晓阴阳两界的事情，百姓们都很尊敬他。

在泾河打鱼的渔夫们，每天都会送给袁守诚一条金色的鲤鱼，作为他帮忙测算下网方位的报酬。袁守诚告诉渔夫们应该下网的位置，渔夫们在他说的地方每次都能捕到很多鱼。日子久了，泾河的龙王知道了这件事情。龙王很生气，决定去见识一下袁守诚的本领。

龙王化作一个白衣秀才，走到袁守诚面前，居高临下地看着他。袁守诚抬起头问道："先生是来询问什么事情的？"龙王回答道："我要问明天天气的阴晴。"袁守诚掐指一算，说："明天辰时天空会出现乌云，巳时打雷，午时就会下雨，未时雨过天晴，下的雨水，不多不少正好三尺三寸零四十八点。"龙王笑着说："如果明天真的像你说的那样下雨，我一定带着五十两黄金感谢你。但是如果你说的有一点错误，我就砸烂你的摊位，把你赶出长安城，让你不能再妖言惑众！”袁守诚回答说：“一言为定，明天雨停后，我就在这里等你。”

泾河龙王回到了龙宫，心想：我是掌管下雨的神仙，区区一个算命的人怎么可能知道下雨的事情。就在这时，玉皇大帝的圣旨到了，上面写着“明天辰时天空出现乌云，巳时打雷，午时下雨，未时雨停，一共下雨水三尺三寸零四十八点”。龙王大吃一惊，因为这下雨的命令和袁守诚预测的丝毫不差。

龙王不服输，到了第二天，他故意等到巳时才让天空出现乌云，午时才打雷，未时才下雨，申时雨停，还私自减少了三寸八点的雨水量。然后，他怒气冲冲地走到袁守诚的摊前，将他的招牌砸碎，说道：“你这招摇撞骗的算命先生，根本就什么本事都没有！赶快滚出这长安城！”袁守诚冷笑着说：“我是不是骗子，龙王你心里最清楚，你私自改了下雨的时辰和雨量，触犯了天条，恐怕明天就会被处死！”

泾河龙王听了袁守诚的话，后悔万分，跪在地上苦苦哀求袁先生救自己一命。袁守诚看着龙王说：“明天的午时三刻，你会被当朝丞相魏征斩首，你求我也没有用，去求当今圣上，也许还能有条活路。”龙王跪谢了袁守诚后，来到了皇宫。他进入唐太宗李世民的梦中，对皇帝说：“陛下，求求你救救我吧！我是这泾河的龙王，因为触犯了天条，明天午时三刻就会被丞相魏征斩首，求陛下救救我吧！”李世民看着龙王可怜的样子，叹气说道：“唉，朕答应救你一命，不叫魏征杀你，你可以放心离开了。”

龙王离开后，唐王从梦中醒来，立刻传魏征进宫。唐王想，只要不放魏征离开皇宫，就能救龙王一命。于是，皇上就和魏征不停地谈论国家大事，快到午时的时候，又要和魏征下棋。魏征不能拒绝，只好陪圣上下棋。正当皇帝思考该如何下子时，魏征已经趴在桌子上熟睡起来。不知不觉，午时三刻已经过了，李世民想，那龙王应该已经逃过一劫了，于是大松了口气。他又看见魏征头上有汗水，就亲自拿扇子为魏征扇风。魏征的汗慢慢消了，呼噜声大作。

突然，徐懋功、秦叔宝在门外求见皇上。李世民对二人说：“你们找朕有什么事情吗？”秦叔宝回答道：“启禀皇上，十字街头从天而降一个血淋淋的龙头，微臣不敢不报。”唐王大吃一惊。魏征被吵醒，来到李世民面前，跪在地上说：“臣该死，竟然在下棋的时候睡着了，陛下，这龙头是臣刚刚在梦中斩的。”唐王惊讶地问道：“爱卿刚刚在桌上睡觉，并没有拿武器，怎么斩了这条龙呢？”

魏征说：“这条龙触犯天条，应该在今天午时三刻被我斩首，刚刚在梦中，我手握宝剑追杀他，却无法追上。幸好有陛下为臣扇风，借陛下的风为助力，臣这才将罪龙斩首，那龙头也就掉到了地上。”唐王听后感慨地说道：“爱卿是有本事的人，朕很幸运能有你的帮助。朕本来答应了救那龙王一命，唉，如今看来是朕食言了。”

夜晚，唐王睡觉的时候，听见门外有凄惨的哭声，熟睡后又梦见龙王。龙王恶狠狠地看着皇帝说：“李世民！还我命来！你堂堂人间的皇帝，怎么能食言？答应了救我，又为什么帮助魏征杀我？我要带你去见阎王，让他帮我评评理！”

唐王醒后吓出了一身冷汗，连续好几天，李世民都梦见龙王向自己索命，竟然从此得了重病。尉迟恭和秦叔宝知道了这件事，来到了皇上的寝宫，秦叔宝对皇帝说：“陛下你放心地睡吧，我和尉迟恭在你门外把守，我要看看是谁敢打扰陛下休息！”于是，尉迟恭和秦叔宝穿戴整齐站在皇帝寝宫外把守，夜里竟然一点动静都没有了，皇帝也终于睡了个安稳觉。

后来，皇帝担心两位将军夜夜把守，过于辛苦，就找来宫廷画师，将尉迟恭和秦叔宝穿着将军盔甲的样子画了下来，挂在了宫门外，从此皇宫里就太平了。而尉迟恭和秦叔宝两位将军，也因此成了民间广为流传的门神。

47. 钟馗驱鬼

唐玄宗时期，天下安定，物阜民丰，百姓安居乐业。在终南山的山脚下有一个秀才，人们都叫他“钟学究”。他的学识非常渊博，只可惜，他一直都没能考取功名，一直考到了五十几岁。有一天，他的妻子在睡梦中看到天魁星下凡，不久她就得了一个儿子，取名为钟馗。秀才老来得子，自然是对这个孩子关怀备至，并且把自己的希望都寄托到钟馗身上，希望将来他能够考取功名。

但是，不久之后，钟馗的父母都过世了，他身边只剩下一个妹妹媚儿了。虽然两个人的日子过得很艰苦，但是钟馗很有志气，一心读书。不仅如此，他还学习了武术，希望有朝一日能够考上状元，完成父亲的遗愿。

十年过去了，小小的钟馗也长大了，先后考上了秀才和举人，有资格去京城参加进士考试了。但是，钟馗家里非常贫穷，根本凑不齐进京的路费。就在他焦急地等待着的时候，好心人杜平知道了这件事，于是给了他二十两银子。钟馗有了路费之后就进京赶考了，他暗自发誓一定要考取功名。一路上，天气异常炎热，钟馗独自出门在外，很快就得了寒热病。但他还是继续前行，因为他不想错过考试。有一天晚上，他借宿在一间破庙里，在半夜的时候，他遇到了野鬼。野鬼嫉妒钟馗的才貌，于是朝他拳打脚踢，把他打得鼻青脸肿。钟馗并不知道发生了什么事，只是觉得全身都发痛，但他还是去参加考试了。

钟馗的文采非凡，不出所料，他考中了状元。考试之后，皇帝召见钟馗，可是当他见到钟馗的时候却不想给他封官，原因是钟馗实在太丑了。虽然满朝文武百官都为钟馗求情，钟馗也把自己一路上发生的事情讲给皇帝听，但是皇帝仍然不同意。

钟馗性格刚烈，他怎么受得了这样的屈辱？他气得大喊："我实在太冤了！"说着，他就一头撞在了宫殿的大鼎上。皇帝不免有些后悔，但是钟馗已死，他也没有办法，只好把钟馗下葬了。

钟馗死后，他的鬼魂怒气冲冲地来到地府，一见到阎王，他就气得怒发冲冠，大骂道："你是地府里的王，怎么能够纵容野鬼来害我？要不是被野鬼残害，我也不至于没有功名。你让我怎么对得起杜平和媚儿呀？这天底下还有公道吗？"

阎王根本不知道发生了什么事，被钟馗问得一头雾水。钟馗根本没打算解释，拿起森罗殿里的一根木棒挥动起来。他不知道的是，这根木棒是天庭玉皇大帝授予的神棒，是地府的宝贝，谁要是舞动神棒，地府里所有鬼神都会感到害怕，就连阎王也没有办法。

钟馗拿起神棒，在森罗殿里乱挥，见到鬼魂就追打。阎王对此毫无办法，只好躲在一个角落里，害怕被打到。钟馗忽然看到了一口大钟，就用神棒去敲。他不知道自己敲响的是通天钟，只要钟声一响，玉皇大帝就会知道。

玉皇大帝连忙问太白金星发生了什么事。太白金星算了算，说："这声音是从地府的森罗殿传来的，敲钟的人是天魁星，他有莫大的冤屈啊。"接着，他就把钟馗的事情说给玉皇大帝听。玉皇大帝担心钟馗会像当年的孙悟空一样，他就想化干戈为玉帛。于是，他叫来了阎王，把天魁星下凡一事告诉阎王，并且封钟馗为驱鬼将军，还让阎王把青锋剑转交给钟馗。

阎王回到地府后，立马派人叫来了钟馗，封他为驱鬼将军，并把玉皇大帝的青锋宝剑交给他。除此之外，阎王还送给钟馗一个法宝葫芦，可以用来驱鬼。

在钟馗的事迹中，有两件事情最为出名。第一件事就是他给唐明皇驱鬼，第二件事就是吴道子给他画像。有一天，唐明皇刚从骊山回到皇宫，就觉得浑身难受，躺下没多久就睡着了。在梦中，他看到了一只野鬼，一只鞋穿在脚上，一只鞋拿在手里，另一只手还摇着扇子。野鬼来到床前，把贵妃娘娘的香袋和唐明皇的玉笛拿走了。唐明皇很生气，大骂野鬼。野鬼一点也不害怕，反而笑笑说："我的名字叫虚耗，专门偷取人间的财物和给人增添烦恼。有我在的地方，只会出现坏运气。”唐明皇生气极了，正当他想叫侍卫来抓鬼的时候，他看见了另一只体形魁梧的鬼出现在他的面前。大鬼拿着一把宝剑和一个葫芦，三两下就把野鬼斩杀了，然后装进葫芦里。唐明皇连忙问他是什么人。大鬼回答道：“我是钟馗，现在是驱鬼将军。多谢皇帝将我的尸体厚葬，我是来报恩的。”唐明皇欣然点了点头。

唐明皇从梦中清醒过来后，他的心情一下子变好了。他非常高兴，叫来了画圣吴道子，并且让他把梦中见到的钟馗画出来。没想到，吴道子虽然没有见过钟馗却能够画得惟妙惟肖。皇帝很高兴，封赏了吴道子，还下令，每年除夕，挨家挨户的大门上都要张贴钟馗像。

渐渐地，钟馗被封为驱鬼将军的事情传遍了人间，他也就成了驱鬼之神了。

48. 武则天贬牡丹

唐朝时期，武则天登上了皇位，成为中国的第一个女皇帝。一年冬天，长安城里下起了大雪。纷纷扬扬的雪花把皇宫装点得分外美丽，假山上、长廊里、凉亭边都被飘飞的大雪染上了银白色的花边，那些早已凋零的树木也在大雪中变得银装素裹。不时有飞过的小鸟在枝条上停歇，惊起一团团白絮在风中飘扬。

皇宫中俨然一幅人间仙境的美景，武则天带着女官、宫女和太监们在上苑一边喝酒，一边欣赏雪景。虽然早已成为皇帝，但看到如此的美景，武则天的心情也是分外高兴，因此频频举杯。

一旁陪着武则天的女官们看到女皇难得露出笑容，也不停地劝酒赔笑。一位女官看着在大雪里绽放的梅花，笑着说："要是世间的繁花都能在这冬季的大雪里开放，那该有多美啊！"另一个女官摇了摇头说："可惜只有梅花才会在这个寒冬腊月绽放，要想看百花齐放，恐怕还得等到来年的春天了。"

一旁的武则天看着两位女官争论了起来，不由得哈哈大笑：

“百花在春天绽放自然是不足为奇，若是在漫天大雪里争奇斗艳，那该多有意思啊！”又过了一会儿，武则天已经有些喝醉了。身旁的女官们赶忙搀扶着她回到宫殿里，劝说她若还有兴致，不妨等到第二天清晨再接着欣赏雪景。

回到自己的寝宫之后，武则天看着窗外纷飞的雪花，又想起了那幅百花在大雪里争奇斗艳的美景，不由得诗兴大发，于是便吩咐宫女拿来了笔墨纸砚。她拿起宣笔在浓墨里浸润了一圈墨色，在白绢上提笔写下了一首五言绝句：

明朝游上苑，火速报春知。
花须连夜放，莫待晓风吹。

写完以后，武则天又嘱咐宫女在上苑把白绢用香炉焚烧，把旨意传达给百花。百花仙子收到了武则天的旨意，赶忙把大家召集起来，商量要怎么应对皇帝的命令。胆子最小的桃花仙子说：“我听说武则天有一副铁石心肠，若是我们违背了她的旨意，谁知道她会对我们做出什么事来。”一旁的花仙子们也小心翼翼地赞同道：“要不，我们还是提前开放吧？”

只有正直、勇敢的牡丹仙子站出来反对大家：“这个武则天只是一个凡间的皇帝，竟然想管我们仙界的事。百花的开放凋零，都是有自然规律的。千百年来，还没有听说有能被改变的道理。”

虽然大家从心里赞同牡丹仙子的话，但她们又害怕凶残、骄横的武则天，便一个劲地劝说牡丹仙子：“咱们就提前开放这一次嘛，万一惹恼了杀人如麻的武则天，我们肯定没有好果子吃。”可是不管大家怎么劝说，牡丹仙子还是坚决不愿意为武则天提前开放。这个时候已经是四更天了，黑压压的天空中仿佛透出了熹微的晨光。大家无奈地离开了牡丹仙子，准备在天亮后如约绽放。

很快天就亮了，武则天也从睡梦里醒了过来，在宫女的伺候下坐在铜镜前梳理妆容。这时一个宫女慌慌张张地跑了进来，跪在武则天的身前报喜：“陛下，上苑的花全都开了！”

武则天大喜过望。昨晚喝醉后写的五言绝句不过是她美好的愿望，谁知道百花居然真的开放了。还没梳妆完毕，她就匆匆忙忙地来到了上苑，惊讶地发现上苑里的桃花、李花、玉兰、海棠、芙蓉都像约定好了一样，一夜之间全都绽放了。在阳光的照耀下，万紫千红映着还没融化的积雪，就像人间天堂一样美丽。

听到了这个消息，满朝的文武官员都来到了上苑，陪着武则天欣赏这难得的风景。武则天也格外高兴，在上苑里赏花作乐，却突然发现花丛中的牡丹依旧是光秃秃的，没有绽放的迹象。武则天不由得十分恼怒，她心想，这小小的牡丹居然敢不听我的旨意，让我的脸面往哪里放？她越想越气，终于忍不住骂了出来，吩咐手下把上苑的牡丹都一把火烧了，以解心头的怒火。

手下的侍从们按照武则天的吩咐，点燃了柴火扔进上苑的牡丹园里。一时间，熊熊大火在上苑里噼啪地燃烧起来，瞬间烟雾弥漫。看着自己的牡丹被大火摧残，牡丹仙子忍不住哭了起来，却并不后悔自己做出的决定。

大火把牡丹花圃烧成了一片灰烬，只剩下满园的烟灰和残渣。武则天依旧在生牡丹的气，愤怒地说："把这些牡丹都给我铲了，扔到邙山里去，永远不许返回长安，我要让它断种绝代！"

洛阳的邙山是个既荒凉又偏僻的地方，不但如此，还遍布险峻的峡谷。也正是因为这样，武则天才下令把牡丹发配到洛阳，好平息自己的怒火。出乎武则天意料的是，牡丹刚刚被扔进邙山的土里，便深深扎下了根来。到了春天，山上开遍了鲜艳的牡丹花，住在邙山的人们看到漫山遍野的鲜花，纷纷带上花盆把牡丹花移种回家里。牡丹仙子看到大家这么喜欢牡丹，便开得更鲜艳了。一到微风吹起的时候，牡丹花瓣在风中摇曳生姿，前来观看牡丹花的人们络绎不绝。

因为牡丹花坚定、勇敢、不为权贵动摇的品格，人们把牡丹称赞为"焦骨牡丹"，又过了很多年，在洛阳人的精心培养之下，牡丹花开得更加红艳了，因此大家也把牡丹叫作"洛阳红"。

49. 五子登科

窦禹钧是五代后晋时期人，他的家在燕山，所以人们也叫他窦燕山。

他家在当地也算是富甲一方，门庭兴旺。但是这个人有一个毛病，这也是大部分商人的通病，那就是十分奸猾。买东西的时候，他就用大斗计量；卖东西的时候，他就用小斗计量。平日里，他时常计较一些鸡毛蒜皮的小事，还仗势欺人。人们虽然心里都很痛恨他，但是也没有办法。不过，他的这些事情上天都看在眼里，所以他直到三十岁也没有孩子。

有一天，他做了一个梦。在梦里，父亲托梦给他："你这个人坏事做尽，恶名昭彰。你做的这些事已经被上天知道了，所以你注定一辈子没有孩子，而且还会英年早逝。如果你不想这样的事情发生，就要洗心革面，重新做人了。你一定要多做好事，积累阴德，或许将来你的命运会有所改变。"第二天，窦燕山从睡梦中醒来。他想起父亲的话，决定要痛改前非。

这一天正逢新年，窦燕山去了延庆寺祈福。在寺里，他看到了地面上有一个钱袋。他捡起来打开一看，不禁吓了一跳：里面竟然有二百两银子和三十两金子。他现在已经洗心革面了，于是决定在这里等待失主。许久之后，窦燕山还真等来了一个人。那人一边抽泣，一边说："绑匪绑架了我的父亲，让我凑齐二百两银子和三十两金子才肯放人。我挨家挨户去借，终于把这些钱凑齐了，可谁知，我竟然把钱袋给弄丢了。我今天来过延庆寺，想着钱袋有可能落在寺里，所以就过来找找。"听完这话后，窦燕山确定那人就是失主，于是他就把钱袋还给了对方，还额外给了他一些盘缠。救命钱失而复得，失主自然是高兴极了，对窦燕山是万分感谢。

窦燕山的家中出了一个小偷，而偷钱的正是他的仆人。仆人为了避免惩罚，把女儿卖给窦燕山抵债。丢下女儿和卖身契后，那个仆人就逃走了。窦燕山看小女孩实在可怜，就把卖身契烧掉了。不但给了她自由之身，还把她好好地抚养大。

他家旁边住着很多穷人，男的因为没有钱而不能成家，女的因为没有嫁妆而无人迎亲。窦燕山知道这件事后，就派人送了银两过去，好让他们可以迎亲嫁娶。有些人因为没有钱而无法安葬死去的家人，窦燕山就自己出钱替他们办丧事。总之，除了自己的日常花销，他把所有的钱都用来帮助别人了。

窦燕山还开设了一家学堂，收藏了很多书籍，聘请了学识渊博的老师专门为贫寒子弟授课。平日里，窦燕山极为节俭，省吃俭用。他不穿华丽的衣裳，不戴昂贵的首饰，节省下来的钱都用在别人身上。久而久之，窦燕山已经积累了很大的阴德了。

有一天，窦燕山的父亲又托梦给他说："你现在做得很好，很多人都在表扬你，而且上天也看在眼里。今后，你会有五个儿子，个个一表人才、高中状元，你也会老有善终。"他睁开眼睛的时候，觉得特别安心。从此以后，他每天都做好事。

在这之后，他的媳妇还真的生了五个儿子，而且这五个儿子都做了高官。侍郎冯道作了一首诗，专门赞扬他："窦燕山十郎，教子以义方。灵椿一株老，丹桂五枝芳。"窦燕山自己也当了谏议大夫。晚年的时候，窦燕山告老还乡，在家中安然逝去。

50. 白蛇传

传说，有一年的清明节，春暖花开，阳光明媚。在西湖的断桥上，游人如织，热闹非凡。就在人们欣赏美景的时候，水面上突然出现了两个美女。后来人们才知道，原来她们并不是普通人，而是名叫白素贞和小青的两条善良的蛇精。因为对人世间的生活充满了好奇，于是她们便相约一起来西湖玩耍。

突然间，天色骤变，乌云密布，原本的万里晴空突然间大雨倾盆，珍珠般大的雨点密密麻麻地打在正不知所措的白素贞和小青身上。正在窘迫时，有人递给她们一把雨伞，让她们免受雨淋之苦。白素贞赶紧行礼道谢，这时她才注意到，原来这位好心人是一位气质非凡的俊俏书生，单纯的白素贞顿时心生爱慕之情。见此情景，知道白素贞心事的小青急忙出声询问书生的姓名和住址。这位书生名叫许仙，见白素贞长得十分漂亮、温柔贤惠，便高兴地留下了自己的信息。情投意合的白素贞和许仙见面的次数越来越多，感情也越来越好。没过多久，早已坠入爱河的他们就成了亲，并开了一家药店，取名保和堂。

因为白素贞的医术高超，还免费给穷人看病，保和堂在当地的知名度越来越高，生意也越来越好，小两口的日子过得越来越甜蜜。人们尊称白素贞为白娘子，以示感谢。只不过，有人欢喜有人愁，这一切让金山寺的一个名叫法海的和尚十分恼怒。原来，自从保和堂开业以后，来金山寺求医拜佛的百姓越来越少，这也使得寺里的香火越来越不旺。他思前想后，决定绝对不能坐以待毙，一定要查出事情的真相。于是，他便偷偷来到保和堂一探究竟，谁知却意外发现了白素贞是一条蛇精的秘密。

法海绞尽脑汁，终于想出了一条毒计。只要拆散许仙和白素贞，把白素贞的身份公布于众，那么保和堂自然也就离关门不远了。于是，法海先找到了许仙，告诉他白素贞的真实身份，想要以此让许仙离开白素贞。谁知，了解白素贞性情的许仙不仅没有因为害怕而离开白素贞，反而加深了他对白素贞的爱意。许仙坚定地说："我的娘子心地善良，一直悬壶济世，帮助穷苦人家。"许仙清楚地告诉法海，不管白素贞是不是蛇精，他都不会离开她的。眼看计谋失败，法海一怒之下便把许仙囚禁在了金山寺。

因为迟迟不见相公回来，白素贞十分着急。她四处寻找，打听相公的下落。功夫不负有心人，她终于知道了相公的下落：原来许仙是被关在了金山寺里。白素贞和小青急忙前往金山寺，想要接许仙回家。谁知，原本就心术不正的法海断然拒绝了。他假装正义凛然，说自己不会让白素贞继续为祸人间。除非白素贞离开人间，否则他绝对不会放许仙回家的。白娘子苦苦解释，奈何法海仍是不同意。无奈之下，着急救出相公的白娘子只好施展法术。她头上的金钗迎风一摇便招来无穷无尽的大水，肆意拍打着金山寺。法海也曾经学过一些法术，于是赶紧用身上的袈裟变成河堤来阻挡水患。水积得越来越多，河堤也越来越高。此时的白娘子已经怀有身孕，因此没能挡住法海使用的各种狡诈手段。法海用金钵收服了白娘子，将她镇压到了雷峰塔下面，许仙和白娘子永生不得相见。

后来，忍辱负重的小青苦练法术，最终战胜了法海，救出白娘子和许仙。作恶多端的法海为了逃命，只好钻到了螃蟹的腹中。从此，白娘子和许仙像以前一样，继续过着幸福生活。

51. 梁祝化蝶

很久之前，有一个叫祝英台的姑娘。她不仅长得漂亮，还会做各种手工。她喜好读书，一直想要进入书馆学习。然而，那时候的书馆只收男学生。这该如何是好呢？祝英台想了一个妙计，那就是自己女扮男装混入书馆。于是，她就把自己和丫鬟都打扮成了男人的模样。

祝英台来给自己的父亲请安，可是父亲竟然认不出来，还以为是哪里来的公子呢！祝英台笑着说出了真相，父亲这才大吃一惊。父亲不理解她的行为，说道："从来没有女子进入书馆求学的。你要是真的进入书馆了，周边都是男子，这也太不像话了！"但是，祝英台执意要去，父亲也没有办法，只能由着她了。

就这样，祝英台带着丫鬟启程了。她们一边走，一边游玩。在一个小亭子里，她们遇到了一个书生，书生身边还跟着一个书童。她们也坐在亭子里休息。经过一番交谈，祝英台知道了那个书生叫梁山伯，比自己还要大几岁，也是去书馆读书的。两人相谈甚欢，就结拜成兄弟，一起上路了。

到达书馆后，他们不仅成了同桌，还成了室友，两人的关系非常好。但是，梁山伯一直没有发现祝英台是个姑娘，祝英台也没有告诉他。不过这件事却被师娘看出来了。她把祝英台叫到房间，点破了她的伪装。这也不是什么坏事，好心的师娘并没有向别人揭穿她，反而对她格外关心，还经常跟她谈心。

就这样，祝英台在书馆待了三年。忽然有一天，祝英台接到了一封书信，上面说父亲得了重病，希望她立刻回家。离开书馆之前，祝英台找到了师娘，告诉她，自己已经离不开梁山伯了，无奈家中有事，需离开几天。她让师娘把一个玉坠转交给梁山伯，并把自己的心意也告诉他，只不过这些要等她离开之后再办。

祝英台在启程前，梁山伯执意要送她下山。虽然两人都知道马上就要离别，但是大家都不愿意分开。祝英台很想表明自己的心意，但是又不方便说明，只能说得很隐晦。她指着河里的鹅说："你看，公鹅在前面游，母鹅在后面追。它们多恩爱啊！"

梁山伯并不知道这句话背后的意思，两人只得继续向前走。这时，祝英台看到一对鸳鸯在水里游玩，她就唱了起来："青青荷叶清水塘，鸳鸯成对又成双，英台若是红装女，梁兄啊，你愿不愿意'配鸳鸯'？"梁山伯笑着说："只可惜，你不是个姑娘。"看来，梁山伯还不理解。祝英台说："我家里还有一个九妹，她长得跟我一样，你愿意跟她成亲吗？”祝英台的相貌实在是俊美，那么九妹应该也同样俊美。梁山伯听后，欣然同意了。

梁山伯送了她十八里，临别之际，祝英台告诉他，让他七夕节的时候来家中求亲。随后，祝英台就渐渐远去了。当祝英台赶回家中的时候，父亲已经痊愈了。他把祝英台留在家中，不让她回书馆，还把她许配给马财主的儿子。祝英台当然不同意嫁给马财主的儿子，她要嫁给梁山伯，还让师娘帮忙传达心意。父亲知道后勃然大怒，说：“自古以来，儿女的婚事都是父母说了算，自己在外面私订终身，这太不像话了！”

梁山伯回到书馆后，他就一心读书，竟然把七夕之约给忘了，直到师娘拿出那个吊坠的时候，他才反应过来。原来，祝英台说的九妹就是她自己！梁山伯即刻向老师告了假，下山朝祝家跑去了。没过几天，梁山伯就找到了祝家。这是他第一次看到祝英台穿女装，对她更是心生爱慕。他把师娘告诉他的事情说了出来，还说自己是来求亲的。可祝英台却流着眼泪说：“太晚了，太晚了！你怎么不早几天来呢？我已经许配给别人了！”梁山伯也泪流满面，两人抱在一起大哭，并且暗自发下誓言，他们要一生一世在一起，谁也不能将他们拆开。

这件事被祝英台的父亲知道了。他把梁山伯赶了出去，还把祝英台关起来。梁山伯只好回家了。但是，他的心思全在祝英台身上了，整天不吃不喝，很快就病倒了。他这一病就再也没有好起来。他在过世之前交代家人一件事，他的尸体要葬在通往马财主家的路边上。

很快，马财主就派人来迎亲了。迎亲的队伍到达祝家时，祝英台无论说什么也不愿意进入花轿。父亲看到这样的情况，只好叫下人把她押入轿中。

迎亲的队伍快到达马财主家时，突然狂风四起，所有人都迈不开腿了。丫鬟悄悄告诉祝英台，梁山伯就葬在这里。祝英台知道梁山伯已经死了，大哭，不管别人如何劝说，她执意要去梁山伯坟前祭拜。当她看到梁山伯的坟墓时，她扑倒在墓碑上。突然，天空中响起了雷声，狂风更加大了，坟墓分成了两半。祝英台什么都不顾，纵身一跃，猛地跳了进去。

一下子，天空放晴了，乌云散去，太阳露出来了，远方还出现了一道彩虹。两只漂亮的蝴蝶从坟墓中飞了出来，朝彩虹的方向飞去。这两只蝴蝶，其中一只就是梁山伯，另一只就是祝英台。

52. 娇娇智斩独角龙

传说曾经有一条十分凶残、经常祸害百姓的独角龙，住在一个阴森的山洞中。据说，这个洞就位于定海城东的张家村后面的狮子山上。

龙生九子，各有不同。独角龙不仅长相十分丑陋，脾气还很古怪，尤其喜欢调戏水族中的姑娘。虽然他的父亲是东海龙王，身份尊贵，但是姑娘们还是非常厌恶他，想尽办法躲着他。无奈之下，他开始到人间寻找漂亮的姑娘。

一位姓李的寡妇在狮子山的山脚开了一家包子店。她的亲人都去世了，家里只剩她一个人。为了赚钱吃饭，她就开了这家包子店。外出寻找目标的独角龙正好经过狮子山，又累又饿，便到李寡妇的包子店里吃饭休息。他垂涎李寡妇的美色，为了接近李寡妇，就天天来买包子吃。

一来二去，独角龙就和李寡妇混熟了，勾搭在了一起。陷在温柔乡里无法自拔的独角龙乐不思蜀，根本不舍得离开李寡妇半步。他白天去狮子山南边的一个山洞里睡觉，晚上就偷偷到李寡妇家里约会。可是红颜易老，年龄渐长的李寡妇不再娇艳动人，再也无法让独角龙像以前一样迷恋她了。于是，喜新厌旧的独角龙就开始寻找新的目标，恰巧在包子店遇到一位年轻漂亮的姑娘。这位姑娘名叫赵娇娇，她武功高强，喜欢走南闯北，行侠仗义。这天，赵娇娇因为赶路而十分饥饿，就来到了包子店，打算用包子来填饱肚子。独角龙垂涎她的美色，想要把她占为己有。他施法变换了外形，扮成了包子店里的店小二，用加了蒙汗药的包子把赵娇娇迷倒在地。独角龙看着自己的计谋成功就得意地笑了，开始肆无忌惮地调戏赵娇娇。

没想到的是，赵娇娇突然醒了过来。她看到独角龙之后，瞬间就明白了怎么回事，知道独角龙肯定在自己吃的包子里动了手脚，于是质问道："你想干什么？"

独角龙知道事情败露，笑嘻嘻地说："我是东海龙宫的太子，见姑娘貌美如花，甚是喜欢。如果姑娘跟了我，保你今生锦衣玉食，不用再吃苦受累。"

赵娇娇吃了一惊，她心想自己虽然会武功，但根本不可能打败独角龙。镇定下来的娇娇想到，要先稳住独角龙，随后再寻找机会逃跑或者杀了独角龙。

"原来您是神龙，身份这么尊贵。虽然我真的很想和你在一起，但是我只是一个凡人，根本配不上您这个龙子。再者说，如果因为我而害你被龙王惩罚，我的罪过可就大了。"娇娇假装担心道。

独角龙想了想，有些不满地说道："就连天上的七公主都可以嫁给董永这个凡夫俗子，我堂堂的龙太子还不能娶个凡人当媳妇吗？"

"人家七公主从外貌上看起来和凡人并没有太多区别，可是你一身的鳞片，根本不像凡人。这样的话，即使我再愿意嫁给你，也没法和你在一起。"娇娇继续哄骗道。

独角龙相信了娇娇说的话，以为娇娇愿意嫁给他，十分高兴地说："我随时都可以变成凡间的美男子，你刚进包子店的时候，不就见过我吗？"独角龙继续说着。他的脖子下有三片龙鳞，只要取下来就能变为人形。

"真的吗？我说这里怎么会有这么俊俏的店小二呢，原来是龙爷你啊。"娇娇知道独角龙已经上钩了，于是继续引诱道，"龙爷这么厉害，可以让我见识一下变化的法术吗？您可千万不要骗我啊。"

听到这里，急于证明自己没有说假话的独角龙立刻抬起头，打算揭掉那三片龙鳞，重新变成一个美男子。娇娇心里想，时机终于到了。她偷偷拿出金镖攥在手里，只等独角龙抬头揭鳞。结果可想而知，娇娇的金镖正好打中没有龙鳞保护的独角龙的脖子。被打中要害的独角龙疼痛难忍，怒睁着双眼，在地上翻来覆去地打滚，没过多久就不再动弹了。

独角龙死后，方圆百里的人们又恢复了以前宁静安稳的生活，不用再担惊受怕。百姓们为了感谢娇娇，也为了让后人更好地珍惜现在的生活，就代代传颂着“娇娇智斩独角龙”的故事。

53. 巧妹绣龙

据传说，在东海的一座小岛上，住着一位叫巧妹的姑娘。正如她的名字一样，巧妹心灵手巧，她很喜欢刺绣，也很擅长刺绣。花鸟鱼虫经过她的双手，都能被绣得栩栩如生。

这一年夏天，巧妹居住的小岛遭遇了旱灾，整整三个月天空没有落下一滴雨水。田里的禾苗都纷纷枯死了过去，干枯的土地上也都裂开了大缝。

看到岛上的人们都受到了这场旱灾的侵扰，善良的巧妹忧心忡忡，连母亲做的饭都吃不下了。她想绣一条能喷水化雨的神龙出来，为大家带来雨水的滋润。可是巧妹从来没有见过龙，应该怎么绣呢?

巧妹怎么都想象不出龙的样子，她的母亲看她整天发愁，便对她说，大家都常去白龙溪求雨，没准那里真的有龙呢！母亲的话提醒了巧妹，于是她收拾好了干粮和行李，告别父母前往白龙溪。一连走了三天三夜，巧妹一路翻山越岭，终于来到了白龙溪，却发现溪水早就被太阳晒干了。失望的巧妹看着干枯的土地，爬上溪边的一块石头，呆呆地望着天空。

这个时候，一位老爷爷看到了坐在太阳下的巧妹，便向她打听来意。在得知巧妹是想要寻找白龙之后，老爷爷叹了口气："这里的水早被太阳蒸发了，哪里还有龙啊。"可是巧妹还是不愿意相信，依旧固执地等在白龙溪边，老爷爷只能转身离开了。

又过了三天，巧妹还在早已干涸的白龙溪边寻找着龙的踪迹，可惜无论她如何努力寻找，还是没找到传说中的白龙。这天，被晒得头晕眼花的她又碰到了那位老爷爷。

"巧妹啊！你就听爷爷的话，赶快回家去吧，在这里是找不到白龙的。"老爷爷劝道。

下定了决心的巧妹还是不为所动，老爷爷只能再次无奈地走了。可是巧妹又在白龙溪边找了三天，还是没有找到龙的身影。巧妹又累又渴，终于昏了过去。

那个老爷爷来到晕倒的巧妹身旁，看着这个善良的女孩和村庄被干旱折磨，他忍不住流下了两滴眼泪。清澈的眼泪化为了两场阵雨落在了干涸的土地上。昏迷的巧妹也被这场雨水淋湿了，就这样醒了过来，发现老爷爷在自己身边。

原来这老爷爷就是传说中的白龙，他发现自己因为伤心流下的眼泪化成了雨水，害怕私自降雨惹怒龙王，在巧妹醒过来以后便匆匆地走了。

东海龙王知道了这件事，气得踢翻了桌子，整整一天都没吃下饭。龙太子赶忙安慰自己的父亲，主动请缨要去杀了老白龙，为父亲出气。龙王虽然生气，还是阻止了儿子行凶，而是吩咐他去把老白龙叫回龙宫，看白龙怎么解释。

龙太子找到了老白龙，气势汹汹地质问他为什么私自降雨。老白龙彬彬有礼地向龙太子解释，自己只是落下了几滴眼泪。龙太子不管老白龙怎么说，都要逼着他跟自己回龙宫。老白龙被迫无奈，只能答应太子，稍后一定会回龙宫请罪。

而巧妹呢？她苏醒之后发现天上下起了雨，兴高采烈地回了家。可还没走到家，雨就又停了下来，火热的太阳依旧像火炉一样炙烤着地面。巧妹正准备再回白龙溪找白龙，却看到那位熟悉的老爷爷急急忙忙地往家里走来，巧妹赶忙把老爷爷让进了家。

老爷爷对巧妹说："其实我就是住在白龙溪的白龙，那天掉了两滴眼泪变成了雨，被龙王爷知道了，现在龙王要惩罚我啊。"巧妹听说白龙因为发善心下了雨而被惩罚，赶忙问他怎么能帮他免于受罚。

老爷爷告诉了巧妹一个方法，那就是让巧妹按照自己的原形绣出一条白龙。等到龙王来抓他的时候，巧妹绣出的白龙便能骗过龙王。巧妹赶忙答应了下来。这时，老爷爷化身成了一条白龙。巧妹仔仔细细地打量起来，直到把白龙的样子都记在了心里，才把老爷爷送出了家门，用一块精美的蓝绸子聚精会神地绣了起来。

就这样，巧妹不吃不喝也不睡觉，一直在手中的蓝绸子上绣着白龙的模样：一对玲珑剔透的角、一双威武霸气的眼睛、一把白玉般晶莹的胡须，还有遒劲有力的四只龙爪。她绣的白龙仿佛随时要冲出绸子，在一望无际的天空中腾云驾雾地飞翔。

第四天，巧妹带着绣好的蓝绸来到了白龙溪，可是却没有发现老白龙的影子。无论她怎么呼喊，还是没有人回答她。原来，在巧妹刺绣的第三天夜里，忍无可忍的龙王亲自把老白龙抓到了天庭，向玉帝状告他擅自降雨，触犯了天条。玉帝相信了龙王的话，给老白龙判了斩刑，吩咐天兵天将把老白龙绑在了南天门外准备斩首。透过天空，他能依稀看到在拼命寻找自己的巧妹，可惜再也没机会和巧妹见面了。

到了行刑的时间，只见天上一声雷鸣，老白龙的龙头从天上掉落在了白龙溪边，一腔龙血正巧洒在了巧妹手里的绣龙上。刹那间，绸布上的龙猛地一抖。一阵大风吹过，绸布上的龙便借着风腾空而起，落到了白龙溪里。顿时，早已干涸的白龙溪中溪水涌动起来。从此以后，白龙溪便再也没有干涸过，一直滋养着海岛上的人们。

54. 观音送画

传说中有一年，杭州城附近农田里的庄稼颗粒无收，百姓只能忍饥受饿。祸不单行，杭州城里又发生了瘟疫，死了很多人。

有一位姑娘乘着大船来到城内的湖边，她说自己要给灾民筹集钱财，因此无论是谁，只要肯出钱，她就会跟着那个人走，去他家里服侍他。

人们见她貌美如花，都十分心动，想把她买回家，便决定用投钱的方式来决定：谁能把钱扔到她的身上，就可以买下她。一时间，许多的铜钱、黄金、白银像下雨一样扔向了这个姑娘。不一会儿，船头便堆满了金银珠宝，可是却没有一个人能扔中她，人们只好放弃了。这位姑娘向人们行礼道谢，并遵守承诺，用这些钱来帮助灾民渡过难关。

很快，杭州城所有的人都知道了这件事。他们都赞叹姑娘的义举，并纷纷效仿，有钱的捐钱，有力的出力，帮助灾民治病，给灾民送来食物。这时，船上冒出万道金光，那位姑娘变成了一位面相和善的菩萨。她向众人解释道，她就是观世音菩萨。她之所以这样做，就是想唤醒大家的善念，一起救治灾民，共渡难关。

城中的百姓这才恍然大悟，明白了观世音菩萨的良苦用心。观世音菩萨遵守之前的承诺，用画像代替自己住进每一位行善之人的家里。虽然这只是一个故事，却让人们学会帮助他人，也让人们更加尊敬观世音菩萨。直到现在，这个故事还在代代相传。

55. 三戏海龙王

鲁家村位于东海的一座小岛上，这里的百姓一直靠种地和捕鱼捉虾为生。可是小岛常年干旱，村民们只好杀掉自己仅有的猪和羊，供奉给当地的龙王，祈求龙王下雨，让庄稼有个好收成。可是这龙王的脾气很不好，高兴了就会降雨，不高兴就全年大旱。村民们实在生活不下去了，就都搬出了鲁家村，到最后，全村只剩下鲁大一家了。

鲁大的妻子唉声叹气地对鲁大说：“全村人都搬走了，不如我们也走吧！龙王不通人情，不给村里降雨，这庄稼没了收成，我们一家四口人可怎么活啊！”说着就哭了出来。鲁大拉着妻子的手说：“再等等，我再想想办法。春天就要来了，先把今年的庄稼种了再说吧。我现在就去龙王庙里拜拜，说不准龙王一高兴，就给咱们降雨了呢！”于是鲁大来到了龙王庙。

龙王庙已经很久没人来了，早就破败得不成样子。屋里到处都是蜘蛛网，龙王像上也布满了灰尘。鲁大跪在龙王面前，大声说道："龙王啊，你不给我们百姓下雨，如今这庙里一点香火都没有。你行行好，施法降雨，让我今年庄稼丰收。我答应你，来年不用猪羊，而是用活人头来供奉你！你要是答应了，就下场雨告诉我。"

龙王一听，心里想：猪羊之类的寻常牲畜，都已经吃过了，但是这活人头还从来都没有尝过滋味，不如就答应他下几场雨，也好添添这庙里的香火。于是，龙王立刻叫来了雷公电母，一起在天上施法布雨。

鲁大刚走出龙王庙不久，就听见天空开始打雷，紧接着大雨倾盆而下。鲁大一家人十分高兴，心想这次龙王终于肯下雨了。大雨足足下了两个多时辰，雨停后，鲁大一家就开始忙着播种。龙王担心几场雨不能让鲁大家有个好收成，就对虾兵蟹将们说："看看他们是怎样施肥的，田里除虫了没有。你们学着他们的办法，去帮着看管庄稼。秋天的时候，我要看到鲁大家地里一片金黄的稻谷！"

有了龙王的帮助，鲁大的田地果然丰收了。到了大年三十这天，鲁大一人来到了龙王庙，对龙王说："龙王啊，你答应我的下雨已经兑现了，我答应你的活人头这次也给你带来了。"龙王一听，十分激动，赶忙来到供桌前坐好，等着享用这期待已久的美食。

鲁大不紧不慢地爬到了桌子底下，将头从桌子的破洞里钻了出来，笑嘻嘻地对龙王说："龙王，您请慢用！"龙王看见活人头，一时不知道该怎么下手，就打算用龙爪把人头撕开再吞下去。正在这时，鲁大把头一低，从桌子下钻了出来，对龙王说：“龙王，活人头你已经尝到了，我答应你的事也算是做到了。来年春天，希望龙王能再下几场雨，让我家的粮食丰收。”说完就大摇大摆地回家了。龙王大怒，喊道：“鲁大！我叫你来年地里的庄稼全都只长根不结果实，一家人活活饿死！”

第二年，鲁大在地里种了番薯。因为龙王的帮助，只长根不结果实，这番薯一个个都长得硕大饱满。龙王知道自己弄巧成拙后，更加生气了，又说道：“我要你来年只长叶子，不长根也不开花结果！”谁知道第三年，鲁大种了大白菜，又一次丰收了。鲁家村以前的村民们知道鲁大的庄稼收成不错，就都陆陆续续搬回岛上居住了。

连续三年丰收，把龙王气得直跺脚。他吩咐手下的蟹精说：“我命令你去把鲁大一家四口捉来。”蟹精于是来到了鲁大家门口。鲁大一家正准备请村民们吃饭，蟹精听见鲁大对妻子说：“叫大儿子去抓蟹，煮熟了给乡亲们当下酒菜。”鲁大是要让大儿子去海里捉几只螃蟹，蟹精却误以为是要抓自己，把自己煮熟了当菜吃，就吓得屁滚尿流，赶紧跑回了龙宫。

蟹精对龙王说：“大王，这鲁大肯定是个神仙！我还没进门，他就知道我来了，还告诉大儿子来抓我，要把我煮熟了吃！”龙王一听，半信半疑，决定自己亲自去一趟。

龙王和龟丞相一起来到了鲁大家门口，商量好一个守着前门，一个守着后门。鲁大刚刚下海回来，就听见邻居喊道："鲁大，你家的大黄（牛）跑了，快拿绳子去追吧！"鲁大急忙把刚从海里捉到的乌龟给了儿子，说："儿子，乌龟给你，帮我看好了，我拿绳子去追大黄。"

龟丞相一听，心想：这乌龟说的是自己，那大黄说的应该是龙王，难道是龙王被发现了？不好，我还是赶紧跑吧！于是，龟丞相拔腿就跑。一直在后门守着的龙王，也听见了鲁大的话，以为是龟丞相暴露了，又听到鲁大要拿绳子捉"大黄"，自己穿的正是黄色的衣服，吓得也连滚带爬地回到了龙宫。

龙王和龟丞相都相信了鲁大是位神仙，从此，龙王本本分分地为鲁家村降雨，再也不敢任性了。鲁家村的庄稼长得也一年比一年好，大家又过上了不愁吃喝的日子。

56. 神笔马良

很久以前，有一个叫马良的小孩。

他父母早逝，家里也很穷，平时只能靠自己的双手劳动来勉强填饱肚子。他从小就很喜欢画画，虽然他根本没有多余的钱来买画笔，但他从未放弃成为一个大画家的梦想。

为了学画画，他曾经厚着脸皮去跟美术老师借笔。但是这个老师觉得马良很穷，根本没有钱来交学费，因此就嘲笑他想学画画是痴人做梦、异想天开，还非常粗鲁地把他赶了出去。马良很伤心，咬牙道："难道没钱就不能学画画吗？"他暗自摇了摇头，下定决心一定要学会画画。

从那一天开始，他每天都刻苦练习，不管在何时何地，只要有时间就画画。没钱买画笔，他就用树枝、草根当笔；没有画纸，就在沙滩、石头上一笔一画地画着。晚上回到家里之后，他不顾满身疲惫，用木炭在墙上继续画，不停地想着怎样才能把画画好。

时间长了，家里的墙壁被他画得满满当当的。功夫不负有心人，他的好学、勤奋、刻苦让他画的画越来越好看。他画的动物就跟真的一模一样，因而经常会引来其他动物的驻足。因为每一天除了干活就是画画，马良感觉很累，每天晚上忙完后都倒头就睡。

上天被他的执着与努力感动了。在睡梦中，马良突然发现家里来了一位白头发白胡须的老爷爷，全身上下金光闪闪。神仙送给马良一支毛笔，嘱咐道："好好使用这支神笔。"说完，还没等马良反应过来，老爷爷就消失不见了。接过笔的马良十分高兴，他终于有自己的画笔了。

这究竟是怎么回事？马良瞬间清醒了过来，原来这一切都是梦，或许是因为他太想要画笔，才会做这样的梦。就在他失望的时候，却发现自己的手中紧紧地攥着一支笔，和老爷爷给他的笔一模一样。

他终于有画笔了，于是急忙翻身下床，迫不及待地去找自己的小伙伴们，想和他们一起分享自己的喜悦。此时的他根本忘记了外面仍然是深夜，别人都还在睡觉。他试着用这支笔来画画，结果画的动物都活了过来。画鸟，鸟飞走了；画鱼，鱼游走了。发现这支笔的神奇后，心地善良的马良开始用它画各种各样的东西，来帮助村里的人们生活得更好。不管谁需要他帮忙画画，他都没有推辞过。

没多久，越来越多的人知道了他拥有神笔的消息。寒冬时节，天气非常冷，又下起了雪，就更冷了。有一个贪财的财主，他动了歪心思，想把这支笔占为己有，让马良专门给他画画，让他发财，于是就派人把马良抓了回来威逼利诱。马良没有屈服，他只想画画帮助穷人们，不想为财主画画来谋取不义之财。财主见马良软硬不吃，就大发雷霆，把他关到马厩里，不给吃也不给喝。

财主想着，这么冷的天气里，不吃不喝，也没有棉被盖，他肯定会又冷又饿，说不准早已冻死了。他来到关着马良的马厩里，却发现事实根本不是他想的那样。马良在那里过得很滋润，生着大火炉，马厩里暖烘烘的，他正在拿着热气腾腾的饼子津津有味地吃着。看到这里，财主非常生气，猜到这一切都是马良用神笔画的。他转身去叫来很多家丁，叫嚣着一定要把马良的笔给抢过来。但是当他们冲进马厩的时候却没有看到马良，只有一架梯子立在墙边。财主知道，马良肯定是借着夜色翻墙逃跑了，但他肯定还没有跑远。财主赶紧爬上梯子去追，谁知，还没等爬上梯子翻过墙头，着急的他就一不小心从梯子上摔了下来，重重地跌落在地，痛得龇牙咧嘴，再也别想追上马良。

57. 龙生九子

传说中，龙有九个儿子，他们的名字、性格和能力都各不相同。

老大赑屃，喜好负重，负责驮运石碑，在很多地方经常能看到的驮碑神兽就是赑屃。

老二鸱吻，善于吞食万物，负责守护各类建筑的横梁，也就是在屋顶两侧所能见到的神兽。

老三椒图，长相十分丑陋，负责看家护院，古代宅第的大门上，嘴里衔着一枚铁环的神兽就是它。

老四麒麟，能掌控和驾驭火焰，人们把它当作驱火神兽，摆在房屋建筑的门口。

老五睚眦，喜爱以兵器为食，负责把守天地间的兵器，在很多武器的手柄上往往都能看到它的身影。

老六螭首，能吞吐江河湖海，负责排水防涝，被人们称呼为排水兽。

老七嘲风，善于隐藏行迹，来去无踪，负责在屋顶上守望，保卫百姓人家的安全。

老八蒲牢，能把声音传播到千里之外，负责报时，也就是古代日晷上雕琢的兽钮。

老九囚牛，能和世间万物交流，同时还通晓音律，于是经常被雕刻在乐器的首部。

而这些神通广大的神兽怎么会在人间为百姓所用呢？这就得从大明王朝的开国宰相刘伯温说起了。

据说，刘伯温原来是天庭中的一位天神。元朝末年时，统治者昏庸无道，残害百姓。天下群雄遍起，百姓流离失所。玉帝便派刘伯温下凡，还把能号令四海龙王的斩仙剑赐给了刘伯温，令他安定天下，拯救众生。

但龙王年老体衰，无法随刘伯温一起征战，便派出了自己的九个儿子。龙王的九个儿子也都法力过人，有着通天的本领。他们辅佐刘伯温四方征伐，帮助朱元璋统一了天下。后来，他们又帮朱棣夺得了皇位，从此大明江山得以稳固。

当九位龙子完成了任务，准备回天庭向玉帝复命的时候，明成祖朱棣却动了心思。朱棣想把他们留在自己身边，帮助自己铲除异己、巩固皇位。于是他以修筑皇城为名，用斩仙剑把龙子们留下了。

但是龙子是神兽，哪里是一介凡人能驾驭的。他们纷纷翻云覆雨，眼看就要降下灾祸。朱棣见控制不住龙子，于是心生一计，和老大赑屃说："你神力过人，有背负万斤的本事，若你能把这块先祖留下的神功圣德碑背起来，我便不再阻拦你们回去。"

朱棣所说的神功圣德碑，是用来记载太祖朱元璋生平功德的神碑，有着无穷的法力。不知是计的赑屃以为这只是一块普通的石碑，没有多想就驮了起来，谁知却被石碑牢牢压住，无法施展法力。其余的兄弟看到大哥被困在了石碑下，都不忍抛下大哥，便答应了朱棣的要求留在人间。为了防止被朱棣利用，他们发下了永不现出真身的誓言，变成了九个雕塑。

刘伯温听说了九位龙子的遭遇，愤怒地回到了天帝身边。幡然悔悟的朱棣只得让九个龙子各司其职，保护天下百姓的安全。朱棣的行为也给后世的君王留下了警示：切勿滥用权威。

58. 老鼠娶亲

从前有一对老鼠夫妻，他们已经很老了，他们的女儿也已经长大，是时候找个婆家了。

到了这一年的年底，鼠爸爸和鼠妈妈犯了愁。他们想，怎样才能给女儿找到一位才貌双全的如意郎君呢？他们决定马上开始行动，替女儿物色一个丈夫。

这天，天刚刚亮，红彤彤的太阳从地平线上缓缓升起，照亮了鼠爸爸和鼠妈妈寻找女婿的道路。他们发现阳光照在身上暖洋洋的，十分舒服。于是，他想让太阳当他们的女婿。太阳公公听了后，无奈地笑了。他说，虽然他可以给世界带来光明，给万物送来温暖，但他却打不过乌云。只要有乌云的地方，他就会被挡起来。再加上他年龄大了，又要天天在天上“巡逻”，根本不可能和他们的女儿结婚。

这对鼠夫妻想了想，认为乌云既然可以打败太阳，那么乌云一定非常厉害。于是，他们立即起身去找乌云。

事有凑巧，还没等他们去找乌云，乌云就来到了他们面前。在了解事情的原委后，乌云赶紧摇了摇头，解释道，他确实能遮住阳光，让世界陷入黑暗中，但他并不是世界上最厉害的。风比他厉害多了，可以很轻易地让他遍体鳞伤，变得支离破碎。

还没等鼠夫妻说话，这片乌云就被突然袭来的风给吹跑了。

鼠夫妻也被风的强大威力震撼到了，被风吹得东倒西歪。他们这时认定，风是世界上最强大的。

太阳公公和乌云也觉得风的力量更大，是鼠夫妻一直寻找的女婿的最佳人选。

可是风却不这样认为，他诉苦道，自己经常会被墙欺负得无法动弹。只要看到有墙的地方，他就不得不远远地绕开走。因此他认为，他根本不如墙强大，墙才更适合当老鼠的女婿。

鼠爸爸和鼠妈妈认真分析了一下，觉得风说得很有道理，墙才是那个他们苦苦寻找的人。可是，神勇无比的墙究竟在哪儿呢？抬眼望去，面前是一望无际的草原，根本看不到墙。

这时，风给他们指点了方向。他告诉鼠夫妻，沿着这个方向一直走下去，就可以看到一个村子，那里有一面又高又厚的墙。

鼠夫妻一路风餐露宿，抓紧赶路。这天正是农历的正月初三，就在他们以为走错了路的时候，终于远远地看到了风说的那个村子，找到了那面最大最高的墙。

可是还没等他们说话，正在被老鼠啃咬的墙就痛得骂了起来：“都是你们这些老鼠，害得我身上全是洞，疼死了。”

这时，鼠夫妻才发现，世间万物都有自己的优点和缺点，即使是在别人看来拥有强大力量的人也会有弱点，会被人打败。想通这一点后，他们决定让正在挖墙的老鼠当他们的女婿。后来，在每年的这一天里，人们都会讲起老鼠娶亲的故事。

59. 马头琴的故事

很久以前，在察哈尔草原上有一个十七岁的小牧童，他的名字叫苏和。苏和与年迈的奶奶一起生活，祖孙俩靠放养二十几只羊为生。苏和年纪虽然小，却十分孝顺懂事，附近的牧民们也都很喜欢他。

一天傍晚，苏和兴高采烈地跑到奶奶面前说：“奶奶，您看我抱着的是什么！”说着，他把怀里的一个毛茸茸的小东西举了起来。苏和接着说道：“看，这是一匹新生的小马驹！放羊回来的路上，我看见它正躺在地上叫唤，担心附近的狼会把它吃掉，就带了回来。奶奶，我好喜欢这小马驹啊，我可以养它吗？”奶奶慈祥地对苏和说：“好孩子，如果你喜欢就好好养着吧！”苏和于是每天带着小马驹去放羊，特别用心地照顾它。

小马驹慢慢长成了一匹雪白健壮的宝马，见到它的人都对苏和说：“这是匹好马啊，苏和你捡到宝贝了！”苏和每次听到人们夸奖小白马，都笑眯眯地回答道：“是我把它照顾得好！”

小白马不仅长得漂亮，而且还特别懂得报恩。一天夜里，小白马为了保护小主人羊圈里的羊不被大灰狼吃掉，和大灰狼周旋对抗了很久。它不停地发出嘶鸣，终于叫醒了熟睡的主人。苏和醒来后，拿着套马杆赶走了大灰狼。从此，苏和就更加疼爱小白马了，把它当作自己的亲人一样对待。

有一年春天，邻近的朋友高兴地对苏和说："你听说了吗，王爷要在喇嘛庙前举办赛马大会，草原上所有年轻的骑手都必须参加。谁要是得了第一名，就能迎娶王爷的女儿！苏和，你也骑上你的大白马去试试，没准就能当个王爷女婿呢！"苏和听了以后说："好，虽然我的骑术不算厉害，但是我和我心爱的大白马一起努力，一定能取得一个好名次的！"草原上的每个人都铆足了劲，想要在赛马大会上一展风采，都挑选了好马，努力练习马术。苏和也很努力地和白马练习着。

大赛的这天终于到来了，一个个英姿飒爽的骑手骑着自己至爱的宝马，誓要争夺第一名。一个牧主的公子看见苏和也来参加比赛，轻蔑地对他说："一个穷酸的小牧民也敢来参加赛马大会，真是太好笑了！我告诉你，这王爷女婿我是当定了。"苏和没有理会这个贵公子，只是摸着白马说："马儿啊马儿，你我今天可要争一口气啊！"

赛马开始了，苏和骑着白马拼命地在赛场上驰骋着，虽然他的马术没有其他骑手高超，但苏和全力以赴，终于超过了其他所有的选手，取得了赛马的第一名。

王爷知道这赛马的第一名不是有钱的贵公子，而是个普普通通的放羊百姓后，立刻就变了脸色，对苏和说道：“你这小牧民还挺厉害，就赏你三个大元宝，赶紧回家去吧。”苏和听后，无奈地说：“既然王爷不想将女儿嫁给我，那我就和我的马儿回家了。”说着，牵着大白马就要离开。王爷看见这高大强健的白马，很是喜欢，就指着苏和说：“站住，我用这三个元宝换你的白马怎么样？”苏和生气地说：“我今天是来比赛的，你嫌弃我穷苦，不把女儿嫁给我就算了，如今还要强买我心爱的马儿，你出再多的钱我也不会卖的！”

王爷大怒，命令手下将苏和狠狠打了一顿。苏和被打得直吐血，隐隐约约听见王爷的手下说：“这样的一个穷小子还敢和王爷顶嘴，真是不要命了。这白马可真是匹好马，跟着他真是可惜啊。”苏和没多久就晕了过去。王爷抢走了白马，一行人大摇大摆地回府里去了。

苏和被好心的骑手们送回了家，整整在床上静养了十几天，身体才恢复。苏和对奶奶说：“我这伤倒是不要紧，我只是挂念我的白马，不知道王爷能不能好好对待它。”话还没说完，就听见有人在敲门。奶奶开门一看，顿时惊得说不出话来。苏和感到很奇怪，于是也起身走到门前，发现原来是白马回来了，身上还中了很多支箭。苏和心疼地哭着说：“我的马儿，是谁把你伤成了这样！你忍着点，我帮你把箭拔出来。”

苏和用尽了所有办法医治，可白马伤得太严重了，没过几天就去世了。白马死后，附近的牧民告诉苏和：“王爷很喜欢这白马，想要骑上它跑一跑，可是白马死活都不肯，还硬是把骑术高超的王爷从马背上摔了下来！王爷大怒，下令射死它，这白马中了那么多箭，还是跑回了你身边。”牧民后面又说了些什么，泪流不止的苏和已经听不清了。那天晚上，苏和几乎没合眼。

快天亮的时候，苏和睡着了，他梦见白马向他走了过来，温柔地说：“主人，请不要伤心了。希望你能将我的筋骨做成一把琴，这样我就能永远陪在你身边了！”苏和醒后，听了白马的话，将它的筋骨做成了琴，每天都带在身上，就像白马仍陪在他身旁一样。从此以后，草原上的牧民们都会制作马头琴，用它来作为心灵的一种安慰。

60. 孔雀公主

传说在一千多年以前，有一个富饶安宁的国家叫作勐董板，也就是人们常说的孔雀国。孔雀国是大森林里的一百零一个国家中，最令人向往的国家。人间流传着关于孔雀国的民谣：“山最绿来，水最清哟。花最香呀，人最美喽。人人都穿孔雀羽衣来，飞到空中自由自在，无病无灾无忧虑呀，人人向往人人爱喽！”

孔雀国的国王和王后十分恩爱，他们生下了七个美丽动人的女儿，孔雀国的子民亲切地称她们为孔雀七公主。公主们每隔七天就要飞到大森林深处的金湖洗澡。这金湖清澈得就像一面镜子，湖水碧绿，孔雀七公主因此十分喜爱在这里嬉戏玩水。金湖离孔雀国很远，尽管七位公主都很喜欢这里，但她们怕父王和母后会担心挂念，所以每次都早早飞回家去。

一天，七位公主飞到了金湖，脱下孔雀羽衣，跳入湖中嬉戏。姐妹们在水中游来游去，你追我赶，发出银铃般的笑声，笑声把勐板加的一位叫作召树屯的王子吸引了过来。王子只看了一眼，就深深爱上了最小的七公主南穆娜，爱上她如花一样的美丽笑容。他想要唱情歌向公主表达爱意。可是天色已经很晚了，孔雀七公主已经穿上羽衣准备离开了，这可急坏了王子。一旁的好友神龙走过来说："王子不用着急，她们每七天就会来这里一次，你可以在这里等着七公主，等她下次来这里洗澡的时候，悄悄地把她的孔雀羽衣拿走，这样你就有机会向南穆娜表达你的爱慕之情了。"王子呆呆地望着七公主离去的方向，说："好，为了我心爱的姑娘，我就在这里守候七天七夜等她回来。"

于是，王子就住在了金湖边。到了第七天，孔雀公主们果然又翩翩飞来了。王子趁公主们不注意，悄悄地拿走了心上人南穆娜的孔雀羽衣。等到公主们准备穿上羽衣回家时，南穆娜发现自己的衣服不见了，姐姐们找遍了湖边也没有找到妹妹的衣服。这时，召树屯王子拿着羽衣走到南穆娜面前说："公主，我冒昧地拿走你的羽衣，只是为了能和你说句话。那日看见你，我就被你的一颦一笑深深吸引。美丽的南穆娜，我想娶你做我的新娘。"

南穆娜看着英俊潇洒的召树屯王子，脸红得像熟透的苹果。她甜甜地回答道："你是位充满智慧又正直的王子，是个值得托付一生的人，我——""妹妹，已经很晚了，我们该回去了，父王和母后会担心我们的。"大公主打断了妹妹的话，在一旁说道。可是小南穆娜也已经爱上了召树屯王子，站在那里低着头，不愿意离开。她小声哭泣着对姐姐们说："我想我也已经爱上了王子，我想要做王子的新娘，和他一起回到他的国家去。"姐姐们看着南穆娜脸红的样子，知道她们的妹妹已经陷入爱河，只好点头说道："姐姐们理解你和王子的感情，就替父王和母后答应了这门亲事吧。离开了孔雀国，你可要好好保重自己啊！"姐妹们依依不舍地相互告别后，南穆娜和王子一起回到了勐板加。

在南穆娜和王子举行了盛大的婚礼后不久，勐板加边境就发生了战争。王子决定离开自己的新娘，亲自上战场保家卫国。王子拉着南穆娜的手说："为了我的子民们，只能先离开你一段时间了。你要照顾好自己，记得每天想我，我的爱会一直在你身边给你温暖和力量的。"夫妻俩拥抱着告别了。

王子离开不久，勐板加的祭司摩祜拉就对国王说："孔雀公主一嫁到我国，国家就发生了战乱，她一定是个能给国家带来灾难的'妖女'，应该杀了她，用她的鲜血祭奠神灵，永保我国太平。"老国王对摩祜拉深信不疑，于是下令处死孔雀公主。南穆娜并不害怕死亡，可她不希望自己被安上"妖女"的称号，更不想不见王子一面就离开。

即将被处死的时候，孔雀公主脑海中不断浮现王子的身影，于是她对国王说："父王，临死前，我想穿上孔雀羽衣，为我的王子舞上最后一曲，求您成全！"老国王答应了她的要求。南穆娜穿上了孔雀羽衣，在地上翩翩起舞，紧接着飞了起来，对百姓们说："我并不是'妖女'，如今，我要回到孔雀国去了。"说完就转身飞走了。

召树屯王子得胜归来，却发现自己的妻子被逼回了孔雀国。

他日夜思念南穆娜，决心去孔雀国把妻子接回来。孔雀国在离勐板加很远的地方，王子一路跋山涉水，走了九百九十九天后，终于来到了孔雀国，找到了自己心爱的妻子。王子含泪看着妻子说："对不起，让你受委屈了，请你和我回到勐板加吧，我一定会疼爱你、保护你的！"孔雀公主被王子的诚心打动，二人于是一起回到了勐板加。

不久后，老国王去世，王子成了新国王。他治国有方，勐板加人人生活幸福，百姓们都说是新王后带给了国家福气，对夫妻俩更加爱戴了。从此，傣族人都把孔雀看作吉祥如意的象征，生了女儿都起名为孔雀，希望她能像孔雀公主一样带给人们幸福，带给国家繁荣。

61. 月亮阴晴圆缺的由来

传说，在大岭山一望无际的大草原上，有一个蒙古族的汉子叫作鲁布桑巴图。他生长在这片草原上，看着自己的族人们年复一年地遭受风沙、雨雪等恶劣天气的摧残，决定要为大家建造一种能遮挡风雨的房屋。

为了能早一点为自己的族人造福，鲁布桑巴图骑着马在山峰和森林里四处寻找，砍伐那些最坚硬的木材，又想尽办法把伐好的木材带回草原，准备用它们作为原料搭建起一座座牢固、扎实、能遮风挡雨的屋子。

这一天，当鲁布桑巴图和往常一样骑着马前往森林砍伐树木的时候，一只居住在森林里的魔鬼看到了正在砍树的鲁布桑巴图。他想：要是造好了坚固的房子，那我岂不是不能去骚扰人类了？想到这里，魔鬼决定阻止鲁布桑巴图修建房屋的计划。于是他趁着鲁布桑巴图不在，把还没有修好的房子全都给砸毁了。看着满地的碎木、废土，恶魔高兴地哼着小曲走了。

鲁布桑巴图带着木材回到了草原，发现快要建好的房屋竟然被毁坏得七零八落。眼看草原上的暴风雪又将到来，他来不及询问谁是罪魁祸首，赶忙和伙伴一起用砍回的木头搭建起了一个简易的避难所，这才得以从暴雪里存活了下来。

安顿好了大家以后，鲁布桑巴图问是谁毁坏了正在建造的房屋。大家说，是森林里的魔鬼怕你建好了房屋就没法来骚扰我们，就砸坏房屋逃跑了。听了大家的话，鲁布桑巴图感到一股怒火涌上了心头。他骑上马、握紧武器，决定不管追到哪里，都要找到这个可恨的魔鬼，痛打他一顿，让他再也不敢来骚扰大家。

走啊，走啊，鲁布桑巴图走过了数不清的山谷高原，穿过了无数的河流沼泽，可还是没有找到魔鬼的踪迹。原来，狡诈的魔鬼早就猜到了鲁布桑巴图会前来追赶自己，于是钻到了一个僻静的山洞里，悄悄地躲了起来。

正在寻找恶魔的鲁布桑巴图在路上碰巧遇上了风婆婆，便向风婆婆询问魔鬼的下落。风婆婆也不知道魔鬼在哪里，但她建议鲁布桑巴图去山的另一边向彩云打听魔鬼的踪迹。鲁布桑巴图谢过了风婆婆，便继续上了路，前往山的另一头寻找彩云。“彩云姐姐，请问您知道魔鬼现在藏在哪儿吗？”他问。彩云听到有人问她话，便停下了手头的工作，回答鲁布桑巴图说：“我忙着在收集露水，一直在低空飘着，没有看到魔鬼的影子。你可以去问问太阳公公，他在高处，应该会知道魔鬼的下落。”

鲁布桑巴图又告别了彩云，去找天上的太阳公公：“太阳公公，请问您知道魔鬼在哪儿吗？”“我只知道魔鬼刚刚从下面过去，但我在忙着普照大地，没有留意魔鬼去了哪儿。你去问问月亮姑娘吧，她准能知道魔鬼在哪儿。”太阳公公笑着回答说。

鲁布桑巴图没有气馁，又骑上了马找到了月亮姑娘打听魔鬼的下落。果然像太阳公公说的那样，月亮姑娘告诉鲁布桑巴图：“我刚刚看到魔鬼往大山里跑去了，他现在一定躲在大山的石洞里，你向东走就能找到他。”

鲁布桑巴图很高兴，便朝着月亮姑娘说的方向骑着马飞奔而去。一会儿工夫，他便在大山的石洞里找到了魔鬼。两人打斗了没多久，勇敢强壮的鲁布桑巴图便把魔鬼打得落花流水。魔鬼知道自己不是鲁布桑巴图的对手，找机会溜出了山洞，消失在了大山的夜色里。

鲁布桑巴图当然不会放任魔鬼逃走，再让他继续为非作歹，祸害善良的人们，便骑上了马朝着魔鬼逃跑的方向追了上去。正在逃跑的魔鬼碰到了风婆婆，想到自己被鲁布桑巴图殴打得如此狼狈，于是恶狠狠地威胁她说：“老婆子，快点告诉我到底是谁这么讨厌，居然敢泄露我的踪迹！你要是不说，我就吃了你！”

面对穷凶极恶的魔鬼，风婆婆开始害怕了，便对魔鬼说，是月亮姑娘把他躲藏的山洞告诉了鲁布桑巴图。魔鬼更加生气了，忘记了自己还正在被鲁布桑巴图追赶，便飞上了天空对着月亮姑娘咆哮道：“你个不知天高地厚的黄毛丫头！竟然敢把我的藏身之处泄露给我的仇人，你好大的胆子！”

疾恶如仇的月亮姑娘也狠狠地盯着气急败坏的魔鬼，一点也不害怕魔鬼会报复自己。她说：“我倒要看看你这个邪恶、可恶、惹人生气的家伙能怎么样我！”生气的魔鬼号叫着扑向月亮，试图把月亮姑娘给吞进肚子里。这个时候，鲁布桑巴图骑着马来到了月亮姑娘的附近，正发愁不知道魔鬼又躲在了哪里，抬头一看，发现了正在吞月亮的魔鬼。

两个人四目相对，还没等鲁布桑巴图骑马追来，魔鬼便被吓得魂飞魄散，把月亮吐了出来，一溜烟跑了。但恶魔对月亮怀恨在心，当鲁布桑巴图不在的时候，还是会不断地吞吃月亮，这便是关于月亮阴晴圆缺的由来。

62. 猎人海力布

很久很久以前，有一个叫作海力布的年轻人。他是一个热心、善良的猎人，总是把辛苦打回来的猎物慷慨地分给村里的人们，因此大家都很喜欢他。

这天，海力布和往常一样在山里打猎，突然被天上传来的呼救声吸引了注意。原来，一条小白蛇正被老鹰用利爪抓着，从海力布头上的天空飞过。海力布赶忙抽出了弓箭，一箭射中了老鹰。老鹰惨叫了一声，便丢下小白蛇飞走了。

小白蛇被善良的海力布救了下来，竟然开口说话了："好心的猎人哪，我是龙王的女儿，您救了我的命，请您一定要跟我回家。我的父亲一定会竭尽全力报答你的！"海力布是个善良的人，便对小白蛇说："可是我并不需要金银财宝啊，每天能靠打猎生活已经很满足了。"

听到了海力布的话，小白蛇更加佩服这个年轻人了，便和他说："您如果不喜欢财宝的话，我就用别的东西答谢你吧。我的父亲那里有一颗宝石，只要含着它，您就能听懂动物的话了。"想到有了宝石就能和动物们交流，海力布便动了心，和小白蛇一起回到了龙宫。

老龙王得知这个年轻人救了自己的女儿，对海力布万分感激，让他随意挑选龙宫里的宝贝。谁知，海力布竟然什么金银珠宝都不要，而是向龙王请求把能和动物交流的宝珠送给自己。龙王听到了海力布的请求，哈哈大笑起来，爽快地把宝石送给了海力布。

小白蛇把海力布送到了龙宫门口，对他千叮咛万嘱咐道："您千万不要把动物说的话和其他人说，如果违背了这一条，你就会变成石头，再也没法复活了。"海力布谢过了小白蛇，高兴地回了家。

得到了能和动物交流的宝石，海力布便知道了大山里的动物们栖息的地方。于是，他打猎带回的猎物越来越多，分给乡亲们的也越来越多。这样幸福富足的生活持续了几年。直到有一天，海力布在山里遇见了一群鸟，因为嘴里含着的宝石，海力布听到了它们的对话。"今晚这里要地震了，恐怕还会引来洪水呢。我们还是早点飞走吧，晚了就来不及了！"

在一旁听得清清楚楚的海力布吓了一跳，赶忙跑回了村子，让大家赶快收拾东西，撤离到安全的地方。看着惊慌失措的海力布，大家都不愿意相信他的话。毕竟祖祖辈辈都在这块土地上安居乐业，哪里能随意搬家呢？

海力布更加着急了，眼泪在眼眶里打转，他甚至以自己的名誉发誓让大家赶快搬走。可是他说不出撤离的原因，因此谁也不愿意相信他的话。看到这个善良的年轻人如此焦急，大家都纷纷询问他：“海力布，我们愿意相信你的话。可你总得告诉我们为什么要搬家呀！”

海力布知道，如果不告诉大家地震要来了的消息，大家是不会搬家的。可是村庄里住着好几百个村民，若是延误了撤离，大家都要被埋葬在山里。于是，海力布便下定了决心，哪怕牺牲自己，也要拯救无辜的村民们。

整理了一下思绪，海力布便把如何从老鹰那里救了小白蛇，如何在龙宫得到了能听懂动物说话的宝石，如何在山上听见鸟儿们谈论地震要来了的消息，都一五一十地和大家说了。刚刚说完，海力布就化成了一块石头，手臂指着让大家撤离的方向。

看到这个乐于助人的年轻人为了挽救大家牺牲了自己，大家既难过又后悔。可地震就要来了，人们只能忍住眼泪，带上为数不多的家当，扶老携幼地走在山路上，往安全的地方迁徙，连天黑了都不敢停下脚步。

果然，这天半夜，山谷里传来一声巨响，好似一道闪电劈在了大山深处。接着，绵延的群山纷纷开始崩塌、坠落，村子曾经所在的地方早已被掩埋在了滚落的巨石里。得以逃脱的村民们为了感念海力布的救命之恩，一直供奉着海力布变成的石头，一代一代地延续至今。

63. 田螺姑娘

很久很久以前，在一个小村庄里住着一个勤劳善良的小伙子。有一天在耕地的时候，他捡到了一只田螺，便兴高采烈地带回了家，用水缸把田螺养了起来。

这一天，小伙子和往日一样，给养田螺的水缸换上了新鲜的井水，就出门耕地去了。小伙子在地里劳作了一天，一直到天黑之后才收拾好了农具，又累又饿地往家的方向走去，尽管他那破旧的小屋里并没有能填饱肚子的晚餐。

小伙子疲倦地打开了家门，却闻到小屋里传来了饭菜的香味。他以为是自己饿得产生了幻觉，只能叹了口气，在黑暗里摸索着桌上的油灯。等到灯光照亮了屋子，小伙子这才发现桌上竟然摆放着丰盛可口的饭菜，正在幽幽地散发着香气。他想：自己是在做梦吗？不对，也许是隔壁好心的大娘送来的呢。抵挡不住美味的诱惑，他捧起碗筷，大口吃了起来。

一夜美梦之后，天刚刚亮，小伙子又和往常一样出门干活去了，直到夜晚才回来。谁知刚刚走到屋门口，他又闻到一股饭菜的香味。“难道屋里又有饭菜？”小伙子匆匆忙忙地打开房门。果然，又有美味可口的饭菜摆在了桌上。

相同的事连着发生了几天，每天晚上都有香气扑鼻的饭菜在桌上等着疲惫的小伙子回家。小伙子一直以为是隔壁家的大娘在好心照顾自己，特意抽空买了一只鸡送给大娘表示感谢。可是大娘看到小伙子送来的鸡，惊讶地说：“我没送饭给你呀！”这下小伙子更加吃惊了，因为隔壁大娘是他唯一熟悉的人了。如果不是大娘，那是谁一直在帮自己准备晚饭呢？

这一天，小伙子又早早地出了门，却故意提前了半个时辰回家，要看看到底是谁在好心相助。还没走回家，他便看到了从屋顶的烟囱里飘出的袅袅炊烟，在好奇心的驱使下，他三步并作两步跑回了家。他悄悄地透过窗户往屋里偷看，可是家里连人的影子都没看到，只有桌上还是和往常一样摆放着饭菜。

过了几天，小伙子又把时间提前了整整一个时辰，天还没黑就收工回了家，躲在院子里的稻草堆中观察动静。等啊，等啊，等到太阳都快下山了，小伙子突然发现自己养田螺的水缸里升起了一阵烟雾，一位美丽的女子从烟雾里走了出来。她一边用小伙子听不懂的语言唱着歌谣，一边在厨房里开始做饭。没过多久，香气四溢的饭菜便被摆上了桌，等待着小伙子回家。

小伙子又惊又怕，趁着女子帮自己打扫屋子的时候从窗户溜进了厨房，揭开水缸的盖子。果然，这个帮自己料理家务的女子就是他捡来的田螺。发现了田螺成精的事，小伙子却并不害怕，因为他发现自己对这个心灵手巧的田螺姑娘有了好感。想到这，他便把田螺壳藏在背后，静悄悄地向姑娘走去："姑娘，谢谢你每天都给我准备晚饭。"

背后传来的声音把田螺姑娘吓了一跳，她没有回答小伙子，而是捂着脸慌慌张张地往厨房跑，准备跳进水缸。可当她揭开水缸，却发现缸里的田螺壳不见了，田螺姑娘着急地哭了起来。"你是在找田螺壳吗？"小伙子礼貌地把田螺壳递给了姑娘。看到田螺壳失而复返，姑娘破涕为笑起来，这个田螺壳可是她赖以生存的宝贝。

"你会留下来吗？"小伙子挠了挠头，问道。

"可是我是田螺精，你不怕吗？"姑娘好奇地问。

"不怕！"小伙子回答道。

于是田螺姑娘便留了下来，和小伙子住在一起，过上了男耕女织的幸福生活。村子里的人都赞美小伙子娶了田螺姑娘这一位心灵手巧的贤内助。

住在水塘里的蚂蟥精一直喜欢田螺姑娘，却被田螺姑娘屡次拒绝。现在听说了这个消息，就暗暗下定决心，一定要拆散这对甜美幸福的夫妻。

这天，蚂蟥精乔装打扮来到小伙子的家里，趁着小伙子出门耕田，把正在织布的田螺姑娘带走关了起来。小伙子傍晚回家，发现田螺姑娘不见了，像疯了一样向村子里的人打听田螺姑娘的下落，终于发现是蚂蟥精把田螺姑娘带走了。

看到善良的小伙子懊恼地蹲在家门口，大家都决定要帮他救回田螺姑娘，便带着锄头棍子来到水塘里找蚂蟥精。但是蚂蟥精虽然可恶，却是修行多年的妖怪，没过几招便把村民们打败了。

大家垂头丧气地回了村子，正在讨论下一步的对策，一个老大爷慢悠悠地走了进来，在每个人的耳边都悄悄地说了一句话，大家都哈哈大笑起来。

第二天清早，小伙子和大家一起又来到了蚂蟥家。蚂蟥精看到小伙子又来了，哈哈大笑起来："手下败将，还有脸面来见我！"话不投机，小伙子和蚂蟥精便打了起来。正在激战的时候，一个小伙伴趁着蚂蟥精没有防备，就按照老大爷说的，把一大袋盐倒在了蚂蟥精身上。只见蚂蟥精惨叫一声，倒在地上翻滚起来，没过一会儿，便在太阳的照射下化成了一摊水。大家都高兴地举起锄头，欢呼了起来。

田螺姑娘终于得救了，和小伙子回到了村里。他们感谢了热情的村民们，便继续过上了幸福的生活。

64．泼水节的传说

据传说，曾经有一个法术高强、刀枪不入的魔王。他四处烧杀抢掠，无恶不作。受尽欺压的百姓用尽各种方法都没有消灭他，只好忍气吞声，每一天都小心翼翼地生活着。

喜好美色的他还经常强抢民女为妻，虽然已经有十一个貌美如花的妻子，但是他仍然没有满足，而是继续寻找目标。其实，他的妻子们并不爱他，每天都盼着他早点死去，好逃脱魔掌。

有一天，他又看中了一个姑娘，想让她做自己的妻子。这个姑娘不仅漂亮，而且和以前的妻子们不一样。她思维敏捷，见多识广。虽然她早就对魔王恨之入骨，但却没有办法制服魔王。于是，她假装也十分喜欢魔王，想先稳住他，再想办法打败他。

这一天终于来了，她趁着魔王心情好的时候，假装随意地说道："大王英勇无比，谁都不能伤害您一丝一毫。您与天地长存，永远都不用担心死亡的到来，实在是太厉害了。"听了姑娘的话，有些得意忘形的魔王说漏了嘴。原来他并不是刀枪不入，也有致命的弱点。“怎么会呢，你是无所不能的魔王，怎么可能还会有缺点呢？”姑娘继续问道。“只要用我的头发就可以勒死我。”毫无防备的魔王嘱咐姑娘一定要替他保守这个秘密。

姑娘半信半疑，并不确定魔王说的是真的。等魔王睡着之后，她壮着胆子试验了一下。只见魔王在床上痛得翻来覆去，不一会儿就从床上滚到地上死了。曾经被魔王欺压的人们听说魔王终于死了，再也不会来为非作歹，都十分高兴。他们终于不用整天提心吊胆，可以像以前一样幸福安康地生活了。

魔王的妻子想尽了各种办法来处理魔王的尸体。不管是用火烧，还是埋在地底下，或者扔到河中，却都不管用。魔王的头在哪儿，哪里就会发生火灾、水灾等灾难。魔王的妻子们十分善良，为了百姓能够安居乐业，只好委屈自己。这十二个女子轮流值班，不分白天黑夜地抱着魔王的头，让他再也不能给人间带来灾难。不仅如此，她们还每天都用清水清洗魔王的头，让他安稳一些。

傣族百姓都很感激魔王妻子们的付出，于是决定每年清明后的第七天用给她们泼水的方式表示谢意，这就是泼水节的来历。直到现在，傣族村寨每年都会举行泼水节，来纪念魔王的妻子们。

65．驴耳朵国王弥达斯

传说中，很久以前，有一个国王，名字叫作弥达斯，他英明神武、励精图治，百姓也十分善良和勤劳，用辛勤劳作和汗水换来富足的生活。因而，百姓的生活都很快乐。相反，国王却并不开心，整天唉声叹气，愁容满面。给他造成困扰的根源是他长着一对驴耳朵，虽然想了很多办法，但都没法治好这个怪病，不仅如此，随着时间的推移，驴耳朵变得越来越大。

无奈之下，国王弥达斯只好用红色的头巾把头包得严严实实，这样人们就看不到他的驴耳朵了。百姓都十分尊敬国王，他们单纯地认为国王这样把头包起来很好看，于是就纷纷效仿起来，都用头巾把头包起来了。国王十分开心，觉得他不再是与众不同，而是和大多数百姓一样了。但是，他的好心情并没有持续多久，因为国王弥达斯的头发越来越长，必须理发了。他找了许久才找到一位他认为十分忠厚老实的理发师，并要求理发师替他保守驴耳朵的秘密，否则就会杀了他。

国王于是慢吞吞地解下了头巾，让理发师给他理发。因此，理发师在这个时候终于发现了国王的头巾下隐藏的秘密。国王居然长了一对驴耳朵，这太令人震惊了。

其实，这个理发师平时就喜欢说闲话，到处搬弄是非。自从他知道国王的秘密后，心里就十分矛盾，憋得很难受。他很想把国王的秘密讲给别人听，但是又害怕受到惩罚。他左思右想，终于想出了一个办法。他独自一人装作若无其事地来到荒郊野外，用力挖了一个又大又深的坑。他仔细看了看周围，确定没有其他人在附近，就开始对着大坑诉说心中的矛盾和国王的秘密：他们尊敬的国王居然和正常人不一样，长着一对驴耳朵。说完这一切后，理发师感觉很痛快，全身也轻松了很多，十分高兴地把土填了回去。他心想，这样就没有人会知道这个秘密了。

只是事与愿违，那个坑上面长出了一些芦苇。芦苇长高之后，顺着风的方向不断大声说着国王长着驴耳朵的秘密。没过多久，整个国家的人就都知道了国王的秘密。

66. 阿波罗和月桂树

天神宙斯和勒托相爱，生下了太阳神阿波罗。阿波罗是代表着光明的神，不但精通文学和艺术，箭法也十分高明。

有一条巨蛇叫作皮同，它一直到处破坏房屋和庄稼，残忍地杀害无辜的人们。百姓没办法，所以来请求阿波罗帮忙除掉皮同。阿波罗找到了巨蛇的洞穴，用他百发百中的箭法杀死了皮同。

为人们消灭了一个祸患之后，阿波罗回到了自己的神殿，打算好好休息一会儿。在回去的路上，他感觉一个人影从眼前一闪而过，仔细一看原来是维纳斯的儿子，爱神丘比特。阿波罗说道："丘比特，你这个小鬼在忙什么呢？"丘比特不喜欢被人叫作小鬼，就生气地说："阿波罗哥哥，我可是爱神啊，每天都很忙的！"阿波罗笑着说："你这小鬼头还带什么箭啊！你那箭是用在什么地方的？"说着，他拿出了自己的箭，"我的箭强而有力，无论射什么都百发百中。昨天，我用箭一下子就射中了巨蛇的心脏！要我说，你这样的小孩子最好不要用箭，太危险了。”丘比特不服气地说：“不要再叫我小鬼了！我是和你太阳神一个级别的爱情之神！你的箭打仗确实很厉害，可是在爱情方面，我的箭比你的有用百倍，它能穿透你的心，让你心中燃起爱情之火。”说完，丘比特就飞走了。

丘比特来到了树林里，心想：阿波罗真是太过分了，居然看不起我，我要让你看看我爱神的本事！这时，他看见了河神珀纽斯的女儿达佛涅正在森林里狩猎。达佛涅美丽动人，有很多神在追求她，但是她一直对爱情没有兴趣。丘比特听见达佛涅对朋友说：“我要单身一辈子，这一生我都不会结婚去伺候一个男人的。我讨厌那些恶心的情话，更讨厌爱情。”丘比特听后，笑嘻嘻地说：“太好了，就是达佛涅了！”

于是丘比特一边拉开了弓箭射向达佛涅，一边说：“这是一支能够让人厌恶爱情的箭，我要阿波罗尝尝爱上一个人却追求不到的滋味！”达佛涅被丘比特射中后，比以前更厌恶爱情了。紧接着，丘比特又朝阿波罗射了一支金光闪闪的能够燃起爱情的箭。熟睡的阿波罗被箭射中后，突然觉得内心焦躁，十分渴望爱情，于是他就驾着马车在天上闲逛起来。丘比特看着两个被爱情之箭射中的男女，大声笑着，飞过了天际。

阿波罗听见有女孩子的笑声，就向地下望去，他一眼就看见了正在骑马打猎的达佛涅，爱情之箭立刻就起了作用。看着达佛涅披散在空中的金色长发，微微张开的樱桃小嘴，还有她那雪白的肌肤，阿波罗顿时深深地爱上了这美丽的精灵。于是，他来到达佛涅的面前，满含深情地说道：“魅力四射、美丽迷人的小姐，你好，我是太阳神阿波罗，我一下子就爱上了你，希望你答应我的追求。”被射中厌恶爱情之箭的达佛涅看见阿波罗，立刻骑马跑开了，说着：“你离我远一点，我最讨厌的就是爱情了！”阿波罗觉得可能是自己追求的方法有问题，就向婚姻之神赫拉询问追女孩的办法。第二天，他又找到了达佛涅。

达佛涅一看见阿波罗就不停地逃跑。阿波罗追了上去，并大声喊道：“亲爱的达佛涅，我不是你的仇人，我这样缠着你，正是因为我爱你啊！你不要像躲避猎人的动物，不顾一切地逃跑，这地上有石子，如果你不小心摔倒了，痛的不只是你，还有我这颗深爱你的心啊！”达佛涅厌恶地自言自语道：“如果我的耳朵聋了，听不到这样滑腻的情话就好了！”阿波罗又深情地说：“虽然我是掌管医术的神，了解一切药物的功效，可是我却无法治愈你厌恶爱情，拒绝我追求的病啊！”

达佛涅对阿波罗喊道：“你别再说了，我受不了了！太阳之神阿波罗，请你不要再这样像跟屁虫一样跟着我了！你现在的行为，哪里像一个太阳之神能做出来的！我向往自由不喜欢婚姻，我更不喜欢你！”达佛涅拼命地跑着，没想到被一条河挡住了去路，她苦苦恳求说：“河神珀纽斯，我深爱的父亲啊，求你将我从痛苦和折磨中解脱出来吧！用你的神力将我变成任何东西，拜托你了我的父亲，让我避开太阳神可怕的追求吧！”

河神听见了女儿的呼救，含着泪用神力将达佛涅变成了一棵月桂树。只见她的身体变成了树干，她的手臂变成了树枝，她金色的秀发变成了浓密的树叶，她的脚深深地扎根在了土壤里。阿波罗伤心地抱着月桂树，流着泪说：“残忍的达佛涅，为了躲避我的追求，竟然把自己变成了一棵月桂树。不过，你绝逃不出我的身边。我要将你的叶子编成称颂诗人和英雄的王冠，赐你四季常青，永远不会衰老。你的叶子永远不会凋零，你将永远和我的荣耀紧紧连在一起，我们永远不分开。”

从此以后，月桂树终年常青。用月桂树枝叶编成的王冠又叫桂冠，代表了一种无上的荣耀。

67. 雅典娜和酒神

在希腊神话中，宙斯是众神之首，拥有无上的权力。他有很多个孩子，但在这些孩子当中，智慧女神雅典娜和酒神狄俄尼索斯的命运却与其他人不同。当然，他们的一生也不是一帆风顺的。

宙斯的妻子是赫拉，但他在和赫拉结婚之前，还跟智慧女神墨提斯有过一段情史。如果说宙斯是所有天神中最威严的神，那么墨提斯就是所有天神中最聪慧的神。很快，墨提斯就怀了孩子。宙斯并不高兴，因为他担心自己的孩子比自己还要强大。如果真是那样，那么自己的地位可能就不保了。其实，他的担心并不是多余的，因为他的父亲就夺取了祖父的地位，而他父亲的地位也是被他夺取的。他不允许这样的事情再次发生，于是就一口把墨提斯给吞掉了。

让他没有想到的是，没多久他就头痛欲裂，实在是难受极了。宙斯叫来了赫淮斯托斯，命他用大锤把自己的脑袋砸开，看看里面到底是什么东西在作怪。赫淮斯托斯也是宙斯的儿子，让他用锤子砸父亲的头，他有些于心不忍。但是他又不能违背父亲的指令，所以只能缓缓地提起大锤，朝宙斯脑袋猛地砸了过去。“砰”的一声，宙斯的脑袋裂成了两半，一个女人从里面飞了出来。这个人就是智慧女神雅典娜。她穿着金色的盔甲，戴着金色的头盔，一只手拿着盾，一只手拿着矛，十分威武。

雅典娜既威严又聪慧。据说，她教授了人们如何纺织、如何建造房屋、如何制作各种器皿以及其他生活技能。在雅典娜的指导下，人们学会了使用农具，学会了种植农作物，学会了饲养牛羊牲畜。在人们的心目中，她是所有植物的保护神。正因为有了她，人们才能丰衣足食。所以，人们用她的名字来命名一座伟大的城市，称为雅典城。雅典娜除了具有无与伦比的智慧，她还是一个战神。如果有人让她不高兴了，她就会惩罚他。

狄俄尼索斯的母亲塞墨勒并不是天神，而是一个普通的人。她的父亲是底比斯的国王卡德摩斯。塞墨勒非常漂亮，并且待人处事都十分得体，从不在别人面前失礼。当宙斯见到她后，很快就和她坠入爱河了，不久塞墨勒就怀上宙斯的孩子。这件事情被赫拉知道了，她对塞墨勒非常厌恶，想方设法要除掉塞墨勒。于是她变身为塞墨勒的奶妈，对塞墨勒说：“听说你的爱人是天神宙斯，你有什么可以证明这一点呢？你应该让他穿上天神的衣服，拿着兵器前来，这样所有人都不会怀疑了。”

塞墨勒觉得奶妈的话很有道理，所以她请求宙斯穿着天神的衣服、带着兵器来看她。宙斯本来不同意，因为他怕巨大的神力会让塞墨勒受伤。但是她一直苦苦哀求，宙斯也只好答应了，因为他不想让自己的爱人失望。在他再次来到人间之前，就穿上了盔甲，周身带着雷电。只是还没等他靠近塞墨勒，塞墨勒就受不了雷电的威力死去了。

塞墨勒死了，宙斯很伤心，但他马上就意识到自己还有一件事没有完成：塞墨勒腹中的胎儿还没有降生。为了能让胎儿继续成长，宙斯把胎儿放进了自己的大腿之中。所以，他走起路来就一瘸一拐的。胎儿长成后，宙斯就把他取出来，叫他狄俄尼索斯。

狄俄尼索斯是由伊诺抚养长大的。他不但学会了如何打猎，还跟很多人成了好朋友。有一天，狄俄尼索斯的一个朋友过世了，他非常伤心，在朋友的坟前哭了好长时间。可谁知，坟墓里竟然长出了一株葡萄，并且结满了果实。狄俄尼索斯把所有葡萄都收集起来，然后捏出葡萄汁，用一个器皿盛放。当他喝下这种葡萄汁的时候，觉得身体很热，而且变得很兴奋。其实，狄俄尼索斯喝的不是葡萄汁，而是葡萄酒。他把葡萄酒分给天神们喝，还把酿酒的技术教给人们。因为狄俄尼索斯发明了用葡萄酿酒的方法，后来，人们就把他奉为酒神。直到现在，希腊每年都要举行祭祀，纪念酒神狄俄尼索斯。

68. 潘多拉的匣子

普罗米修斯为了人类文明的进化，从天界偷走了火种。宙斯大怒，因为人类拥有了火以后就可能会对抗神灵，而他绝对不允许人类侵犯到自己的地位。宙斯给予了普罗米修斯最严厉的惩罚，并召集众神想出一个惩罚人类的办法。

先知先觉的普罗米修斯找来了自己的弟弟厄比墨透斯，吩咐道："记住！无论以后宙斯送你什么礼物，你都不要接受，这礼物会给人类带来灾难，你千万要把我的话记在心里啊！"厄比墨透斯点头答应了哥哥。

一天，宙斯说道："神匠赫淮斯，我命令你创造出一个人类的女子，一个既聪明又美丽迷人的女子。"于是神匠用了整整一个月的时间，造出了"潘多拉"，并让众神都送给她一个优点。神使赫尔墨斯说道："说话对于人类很重要，我就送你同我一样出色的口才吧。"智慧女神雅典娜说："一个女子要衣着光鲜亮丽，我就送你能做出漂亮衣服的手艺。"紧接着，爱与美之神阿佛洛狄忒送给了潘多拉超出人间女子的妩媚；婚姻之神赫拉送出了女人应该有的自尊心；太阳神阿波罗给了她动听的歌声。最后，宙斯说道："我送你对一切事物的强烈好奇心。"这样，潘多拉就诞生了。

宙斯命令神使将潘多拉送给普罗米修斯的弟弟，临走的时候，宙斯送给了潘多拉一个精美的盒子，并说道："潘多拉，这个盒子送给你，记住千万不要打开它。"

到了厄比墨透斯的家门口，神使说道："厄比墨透斯，这位美丽的女子潘多拉是宙斯送你的礼物，你要好好对待她。"厄比墨透斯看着千娇百媚的潘多拉，根本就想不起哥哥不让自己接受宙斯礼物的事情，他对潘多拉说："可爱的姑娘，相信我，我们婚后一定会过得很幸福。"

日子一天天过去了，果真如厄比墨透斯所说，两人婚后甜甜蜜蜜，生活得无比幸福。可是有一天，潘多拉在收拾房间的时候，看见了宙斯送她的那个盒子，她自言自语道："也不知道这盒子里面装的是什么，既然是宙斯送给我的，那这礼物一定很贵重，可是宙斯告诉我不许打开。"潘多拉犹豫了很久，又说："我就偷偷打开一下，看看里面是什么东西就好，应该不会有谁知道的。"于是，潘多拉将盒子打开了一个小缝隙。突然，盒子里飞出了人间的所有邪恶：疾病、贪婪、嫉妒、仇恨、忧伤……潘多拉这才知道，自己的好奇心闯了大祸。她试图将盒子盖起来，可是已经来不及了，邪恶已经遍布人间，灾难降临大地，这就是宙斯对人类的惩罚。

在慌乱之中，潘多拉唯一没有从盒子里放出去的就是“希望”。所以，当人类被各种疾病和灾难折磨时，只要心中一直充满着可贵的希望，就像盒子里永远封存着希望，才能有勇气同死神抗衡，不断地自我安慰。永远伴随着人类的希望，一次又一次地将人们从厄运中解救出来，成为支撑人类最后的力量。

69. 普罗米修斯

地神该亚和天神乌拉诺斯有一个儿子，名叫伊亚匹特士。普罗米修斯是伊亚匹特士的孩子。从小，普罗米修斯就希望能够制作出像神一样的生命，在大地上昂首阔步。他挖取了一把泥土，接着用河水润湿，把这团泥土做成了一个人偶。但是这个人偶是死的，不会呼吸也无法行动。普罗米修斯不喜欢这样不会动的人偶，为了能够让它活过来，他把“善”和“恶”这两样东西放进人偶之中。如此一来，这个人偶就有了生命。这就是第一个人类。

人偶虽然有了生命，但是没有灵魂。这件事被智慧女神雅典娜知道了，她觉得普罗米修斯的做法很有趣，于是就往人偶的嘴里吹了一口仙气，这样人偶就拥有自己的灵魂了。

人类开始不断地繁衍，久而久之，数量也变得越来越多了。人们虽然会呼吸和活动，但是他们很笨，什么也做不了。他们不会思考，整天除了吃饭就是睡觉。普罗米修斯实在看不下去了，于是他决定帮助人类。他告诉人们该如何观察夜空中的星星，还教人们如何算数，如何饲养动物，以及如何驱使动物劳动。普罗米修斯在教授的过程中，自己也学到了不少知识。比如，天神不会生病，但是人类会生病。在此之前，他还从来不知道“病”是什么东西。他发明了医治疾病的药，让人类能够健康地成长。他还教会人类使用船只和运用工具挖矿，以获取更多的宝藏。

人类的数量超出了天神的预想。宇宙之神宙斯担心人类会对天神构成危险，于是对人类提出了要求，希望人类可以永远臣服于天神。用来交换的条件是，天神将永远保护人类。天神们决定集体开会来商讨这件事情。普罗米修斯也参加了，他是站在人类这一边的，他认为不能让人类承担太多责任。

天神们并没有理睬普罗米修斯，这让普罗米修斯很生气，他决定要好好戏弄一下那些自以为是的天神。普罗米修斯是造物神，他牵了一头牛过来，把牛宰杀后分成两份，一份是纯牛肉，另一份是牛骨头。分好后，他用牛皮把它们盖住。从外面看起来，里面放着牛肉的这一堆分量较少，而放着牛骨头的一堆分量较多。普罗米修斯客气地让天神们自己选择。

不过，他的这点小伎俩并没有骗过宙斯。宙斯没有马上揭穿他，而是对他说：“你难道不觉得这么分很不公平吗？”普罗米修斯不知道这句话的言外之意，还以为宙斯中了自己的圈套了。宙斯刻意选择了放着牛骨头的这一堆。当他看到牛皮下面全是牛骨头的时候，他又假装生气地对普罗米修斯说：“你真是太顽皮了，你的话永远不能信。”

宙斯决定要好好惩治一下普罗米修斯，因此在天神的会议上，宙斯不同意把火种送给人类。普罗米修斯很清楚，这是宙斯有意为难他，不过他也不是没有办法。他飞出天庭，找来了一根大茴香的枝条，飞到太阳落山的地方。他用树枝碰了一下太阳神阿波罗的太阳车，枝条就冒出了火苗。普罗米修斯连忙飞到人间，把火种送给人类。

这件事被宙斯知道了，他非常生气，命令火神去人间把普罗米修斯抓回来，并且把普罗米修斯锁在了高加索山上。每天，鹫鹰都会来啄他的胸口，让他疼痛万分。普罗米修斯的身体被一根铁链锁着，他只能每天忍受啄食之痛，除非有人愿意代替他受罚。

就这样，普罗米修斯被锁了几百年。有一天，一个叫赫拉克勒斯的人来到高加索山。他看到山上锁着一个人，一只鹰在啄那个人的胸口。赫拉克勒斯立刻心生同情，用弓箭把鹫鹰射死了，然后打开铁链，放出了普罗米修斯。作为交换，半人半马的喀戎必须放弃自己的生命，替代普罗米修斯受罚。普罗米修斯虽然自由了，但他必须永远戴着一个铁环，示意自己仍然被锁着，这也显示了宙斯的威信。

70. 亚当和夏娃

据传说，世界是由上帝创造的。当时，世界上还没有任何植物和动物，当然也没有人类。整个世界被一层白雾包围着，这层白雾最后形成了雨水，给万物带来水分。上帝觉得世上没有任何生气，于是就用泥土做了一个人偶，然后向他吹了一口气，这个人就活了过来。上帝又创造了一个伊甸园给这个人居住。

上帝为了能让这个人更好地在伊甸园里生活，又创造了各种各样的花草树木。树上结的果子多汁可口，非常好吃。一条小河贯穿整个伊甸园，灌溉着园子里所有植物。除此之外，伊甸园里还有一棵生命树和一棵善恶树。上帝让那个人好好管理园子里的植物，还特地叮嘱这个人："伊甸园里所有果子都可以吃，但是那棵善恶树的果子千万不能吃，否则你就会死。你千万记住了！"上帝又觉得一个人待在园子里太孤独，于是又用泥土做了各种动物。无论是天上飞的、地上跑的，还是水里游的，应有尽有。上帝把这些动物放到园子里，让它们陪这个人一起生活，还给他取名叫“亚当”。

虽然有了各种飞鸟和走兽，可亚当还是觉得孤单，因为他每天都是一个人在园子里闲逛。于是他请求上帝，希望上帝能再创造一个人来陪伴他。上帝答应了亚当的请求，让他昏睡过去，接着从他的身上拿出了一根肋骨，并用这根肋骨创造了一个女人。在往后的日子里，他们两个人就一直快乐地生活在伊甸园里。每天他们会摘各种果子吃，跟各种小动物玩耍，细心地给园子里所有的植物浇灌。

在所有的动物当中，蛇是最坏的动物。有一天，它来到女人身边，问她：“上帝有没有告诉过你园子里所有的果子都是不能吃的？”女人摇摇头说：“不是的。上帝说，园子里的果子我们可以随便吃。但是最中央那株树结出的果子是不可吃的，我们甚至不能碰它，否则就会没命的。”蛇听了之后哈哈大笑，它说：“你们都被上帝骗了，其实，吃了善恶树的果实并不会死。上帝之所以对你们这么说，是怕你们吃了之后会像他一样精明，眼睛像他一样明亮，懂得善恶。”女人有些心动了，她看了看树上的果子，觉得的确非常诱人。于是她忍不住吃了一个，还偷偷摘了一个送给亚当吃。果然，他们吃了之后眼睛变得格外明亮。不过他们突然被对方吓了一跳，因为他们发现对方竟然没有穿衣服。因此他们用树叶做成了衣服，穿在身上。这样，他们就不会害羞了。

有一天，上帝来到伊甸园中巡查。亚当和女人听到上帝的脚步声，就连忙躲进了灌木丛中，以免上帝发现。上帝找不到亚当，就大声喊道："快点出来吧！你怎么不出来呢？"亚当说："我们不想被你看到，因为我们没有衣服。"上帝很生气，说道："你们怎么会知道害羞呢？你们是从哪里听来的？你们是不是吃了善恶树的果子？快说！"女人点了点头。上帝开始责备她："我不是告诉过你，那棵树上的果子不能吃吗？"女人觉得很委屈，对上帝说："是蛇告诉我可以吃的。"上帝又转身对蛇说："你犯了这么严重的错误，我一定要好好处置你。你一辈子都不能站起来，只能靠肚子爬行。你既然和人类结怨，那么你们世世代代都是仇敌。人类看到你就会敲打你的头，你看到人类就会咬他们的脚。"

接着，上帝又对女人说："既然你也犯了错误，那么也要接受惩罚。我会让你在生孩子的时候承受加倍的痛苦，我还要让你更加依赖你的丈夫，以丈夫为天。"上帝转身又对亚当说："虽然善恶树的果子是女人给你吃的，但是你的惩罚也免不了。你要辛苦一辈子，每天都要劳作，这样才能有饭吃。你每天都要走长满荆棘的路，每天都要顶着烈日辛勤耕耘。你死了之后，你的身体就会变成泥土，因为你本身就是泥土做的。"

亚当给女人起了一个名字，叫她"夏娃"，意思是"众生之母"。上帝虽然惩罚了他们，但也给了他们一件皮衣当作礼物。上帝又想，他们现在已经跟自己一样具有明辨善恶的能力，如果他们再吃了生命树的果子，岂不是跟天神一样长生不老了？为了防止这样的事情发生，上帝让他们搬出了伊甸园，自己种植植物，制作食物。此外，他还派天使驻守在伊甸园门口，不让任何人偷吃生命树的果子。

71. 诺亚方舟

人类已经在地球上生活了很久，在这段时间里，人类一心想战胜自然，成为自然的主宰。久而久之，人类做的错事越来越多，这让上帝耶和华觉得很痛心。所以，他决定要惩治人类的恶行。他要让所有的生灵都在地球上消失，包括人和鸟兽。这些生灵都是上帝创造的，现在他开始有些后悔了。

不过，人类中有一个人深受上帝的喜爱，因为他为人十分正直。他就是诺亚。上帝找到诺亚，悄悄对他说："人类太让我失望了，我要把他们全部消灭掉。我还要摧毁大地，让所有的生灵灭亡。但是你这个人很好，我会让你活下来的，你要造一条方舟来逃难。"接着，上帝就把制作方舟的办法告诉了诺亚，还叮嘱他一定要用歌斐木来造船。

上帝又对诺亚说："在不久的将来，大水就会淹没整个陆地，任谁都逃不过凶猛的洪水。记住，你要在洪水来临之前，带着你的家人登上方舟。同时，每一种动物你都要带两只上船，其中一只是公的，一只是母的。这样，物种就不会消亡。记住，任何一种动物你都不能放过，无论它有多大或者多小。你还要准备好充足的食物，因为你们要在方舟上待上很长时间。”

诺亚回到家后，就立刻开始制造方舟。不过，方舟不是在短时间内能够制作完成的。等他造好方舟时，才发现自己竟然用了一百二十年。此时，他已经六百岁了。没过多久，洪水果然来临了。诺亚把家人安顿好后，又依照上帝的要求带着不同种类的动物进入了方舟。

有一天突然下起了大雨，从此之后一直下个不停，足足下了四十天。河里的水早就漫出来了，大海的水位也一直在增高，地势较低的地方早就被洪水淹没了。可是，水位还在不断地上涨，很快方舟就漂浮起来了。几天之后，地球上最高的山都被淹没了，大水比山顶还要高出五十米。在这样的环境中，任何生灵都是无法存活的。唯一幸存下来的就只有诺亚一家人，以及被诺亚带上船的这些动物了。

上帝担心方舟里的生灵会有所损伤，于是就让大雨停止了，但是洪水依然肆虐着。洪水把大地足足淹没了一百五十天，之后才慢慢退下。上帝又刮起大风，让风把地面上的水吹干。这时，最高的山峰终于露出了水面，方舟也在亚拉腊山着陆了。几天之后，很多小山才慢慢显现出来。

诺亚又在方舟里待了四十天。等到第四十一天的时候，他放了一只乌鸦出去，想让乌鸦看看地面干了没有。但是乌鸦自从离开方舟之后就再也没有回来，诺亚只好又放了一只鸽子出去。鸽子在外面转了一圈，只见地面上全是水，根本没有一个地方可以站立，只能飞回方舟。七天之后，诺亚再次派出鸽子查看。鸽子一整天都不见踪迹，直到夜晚的时候，它才飞回来，它的喙里还叼着一根橄榄枝。看来，洪水终于已经散去了。

七天之后，诺亚又让鸽子出去查看。但是鸽子跟乌鸦一样，再也没有回到方舟了。等到第二年的二月二十七日，大地才变干了。诺亚把家人带出方舟，还把所有的动物都放了出来，好让它们自由生活。诺亚很感激上帝的恩德，于是他建造了一座祭坛供奉上帝。上帝知道了诺亚的心意，就让剩余的生灵自由地生活在地球上。虽然大地经过了洪水的洗礼，但是植物还会继续生长，生命的繁衍仍旧是无休无止的。

上帝对诺亚说："从现在开始，你们要努力生育，让人类的身影充满世界的每一个角落。我还赐你们一项特权：你们是所有生灵的主宰，所有鸟兽都不敢靠近你们，你们可以以任何动物为食，就跟吃蔬菜和水果一样。"

上帝在临走之前又对他说："我决定，今后凡是地球上的生灵就不会受到洪水的迫害，世界上再也不会出现这样的洪水了。我会在天边放一道彩虹，当我再次准备降下暴雨的时候，彩虹就会出现，提醒我遵守诺言。当我看到彩虹，就会立刻让乌云消散。"

72. 狮身人面的斯芬克斯

传说中，在远古时代，巨人堤丰和妖蛇厄喀德娜相爱，生下了一个长相十分奇特的怪物，名叫斯芬克斯。他的头很漂亮，身体却像狮子，还像鸟一样可以自由飞翔。一直在埃及的迪拜城生活着的斯芬克斯十分凶暴残忍，不仅喜欢附庸风雅，还喜欢变着花样地吃人。平时，他往路口一坐，让来来往往的人们回答他稀奇古怪的问题。答对了，就可以活着离开；如果答不上来或者答错了，就会被他残忍地杀死吃掉。

他让人们猜一种生物的名字，它在不同的时间走路的方式不同，早上用四只脚，晚上用三只脚，中午最少，只能用两只脚走路。脚的数量与它本身的力量恰好相反，脚的数量越多，它就越弱。

他的问题难倒了很多人，自然也就吃了很多人，其中也包含了埃及国王的儿子。国王很疼爱他的儿子，听说这个噩耗后，国王伤心欲绝。他发出悬赏榜，愿意用自己的王位作为奖励，来犒赏可以打败斯芬克斯的人。

斯芬克斯见自己的问题没人能答对，就变得十分骄傲，认为不会有人能答得上来。有一天，他遇到了一个年轻人。还是像往常一样，他十分轻蔑地说出了自己的问题。“人。”青年脱口而出。他解释道，人刚出生的时候不会走路，只能手脚并用地慢慢爬行，就相当于四只脚；长大成人后，他只用双脚就可以走得很快，这时，他的身体的力量也达到了巅峰；等他老了之后，身体越来越差，只能拄着拐杖慢慢走路，也就是相当于用三条腿走路。

斯芬克斯没有想到这个年轻人这么轻易地说出了答案，自惭形秽的他很受打击，一不小心就从万丈悬崖上掉了下去，跌得粉身碎骨。

听说斯芬克斯已经死去的消息，埃及国王十分高兴。为了让人们记住斯芬克斯带给人们的痛苦和灾难，更好地珍惜眼前的生活，埃及国王让人们在斯芬克斯蹲守的路口处安放了斯芬克斯的雕像。后来，埃及国王也遵守自己的诺言，把王位让给了那位打败斯芬克斯的勇士。

73．阿拉丁神灯

据传说，在很久以前，有一个早年丧父的少年名叫阿拉丁，和母亲在一起过着艰苦的生活。一天，阿拉丁偶然遇见了一个自称是他叔叔的法师，问阿拉丁要不要和自己去京城学习手艺。阿拉丁想要学成技艺，以便更好地照顾母亲，就和法师一起去了京城。

两人来到了靠近京城的大山上。法师拾来木头在地上燃起了一堆火，在火堆旁施法念咒。阿拉丁听到地上发出了一阵巨大的轰鸣声，随后一座石门凭空出现在了眼前。法师打开了石门，告诉阿拉丁说："这扇石门下有一盏神奇的油灯，只要拿到它，我们就能过上富足的生活了。"

法师给了阿拉丁一枚可以驱邪的戒指，勇敢的阿拉丁戴上戒指走进石门，在一条狭窄的地道尽头发现了一座潮湿的地窖。在一盏油灯的照耀下，阿拉丁发现这座地窖里竟然堆着无数的金银财宝，便在珠宝堆里挑选了几样珠宝，带着油灯准备原路返回。还没走回门口，阿拉丁就听到了法师的吼声："快点拿了油灯上来！磨蹭什么！”

阿拉丁听到法师的话，愣了一下，一时间没来得及回答。在上面等待的法师更加生气了，呼的一声把石门给关上了。无论阿拉丁怎么用力，被关上的石门还是纹丝不动，他大声喊着法师的名字，却没有人回答他。匆忙之间，阿拉丁无意碰到了法师给他的戒指，戒指冒出了一阵青烟，一个巨人居然从青烟里站了起来。他对阿拉丁说：“我是被封印在戒指里的神，感谢你把我救了出来，我愿意帮你做任何事。”

阿拉丁想了一下，请求巨人把他送回家。话音未落，他发现自己已经回到了家里。回想这段神奇的遭遇，阿拉丁端详着从地窖里带回的油灯，在阳光下仔细擦拭着。刚擦了几下，油灯里便冒出了一阵青烟，又一个自称灯神的巨人出现在了烟雾里。这个神灵对阿拉丁说：“谢谢你把我从又黑又破的地窖里带出来，现在你就是我的主人了。”

阿拉丁被吓了一跳。为了验证灯神的话，他让灯神为自己准备一桌美酒佳肴。他刚说完，一桌美味的饭菜就出现在了家里。从这以后，有了灯神的魔力，阿拉丁和母亲过上了富足的生活。

这一天，阿拉丁得知了国王为女儿征婚的消息，便请灯神为自己变出了一座高大的城堡和一身王子的装束。他带上从地窖里带出的珠宝，去找国王求亲。国王看到英俊、富有的阿拉丁，欣然把女儿许配给了他。

法师听到了这个消息，便乔装改扮成一个油灯商人，整天在阿拉丁的城堡旁吆喝：“换油灯啦！旧油灯免费换新的啦！”住在城堡里的公主想起了阿拉丁有一盏旧油灯，就吩咐家里的仆人找法师换了一盏新的。法师拿到神灯，兴奋地把灯神召唤了出来，吩咐灯神把阿拉丁的城堡给移到非洲。话音未落，眼前高大的城堡便不见了踪影。

国王得知自己的女儿连同城堡一起凭空消失了，便愤怒地把阿拉丁抓了起来。国王限期三十天，让阿拉丁把消失的公主找回来。

阿拉丁想到了戒指里的巨人，便把他召唤了出来，让他搭救自己的妻子。戒指里的神没有灯神法力强大，只能把阿拉丁也送到非洲，让他自己在荒芜的沙漠里寻找城堡。终于，阿拉丁在非洲的一处绿洲旁找到了妻子，可是神灯还被法师随身携带在身上。很快，阿拉丁的妻子想到了一个计策。她假装同意嫁给法师作为妻子，趁着法师高兴的时候骗他饮下掺了安眠药的酒，就能顺利把油灯拿走了。

于是阿拉丁请求戒指里的巨人帮自己变出了安眠药，公主按计划找到了法师，说愿意嫁给他。法师不知是计，没有多想就饮下了掺药的酒，昏睡了过去。就这样，阿拉丁拿回了神灯，吩咐灯神带着妻子和城堡回了家。

看到女儿失而复返，高兴的国王很快原谅了阿拉丁，还把暗中使坏的法师关进了监狱。于是，阿拉丁就和妻子母亲一起，过上了幸福的生活。

74．帝释天屠旱龙

帝释天是掌管雷电的神，能为人们带来雨水，所以他在人们的心目中是一个造福人类的神。在传说中，宇宙是他创造的。不仅如此，他还消灭了所有会对人类造成危害的猛兽。

人间一直流传着帝释天打败旱魔夫利特拉的传说。有一年夏天，天气异常炎热，雨水非常少。河流都已经枯竭了，土地已经裂开了，植物也几乎都干死了。食物和水都异常短缺，人们的生存成了一个巨大的问题，大家都渴望下一场大雨。

人们一直在向天神们祈祷，祈祷天神能够帮助自己渡过难关。人们的祈祷很快就传到帝释天的耳中了。他当机立断，决定帮助人们对抗敌人。他拿起“雷石”，坐上马车，从天上飞下来。

大地的空气是帝释天制造的，而且人们的力量也来源于他。天上所有的神仙都听他号令，所以，他是世界上最尊贵的天神。马鲁特兄弟是帝释天的随从，他们是掌控风和雷的神灵。他们坐着鹿车，一头红鹿在前，两头斑鹿在后。

马鲁特兄弟不仅身材魁梧，还心怀谋略。他们经常戴着金色的头盔，穿着金色的盔甲，手臂和脚上都戴着金色的首饰，看起来十分威武。他们还有一把长矛，专杀牛羊等牲畜。因此，人们都很怕他们。

帝释天攻打旱魔的时候，马鲁特兄弟也随他一起出行。他们在帝释天身后大声呼喊，给他壮威。马鲁特兄弟悄悄地把“云牛”都放出去，接着，他们又作法降雨。其实，“云牛”本来就是人类圈养的，只不过之前被旱魔抓走并关起来了。

旱魔看到帝释天来到自己的面前，就朝着帝释天大吼。旱魔的声音非常嘹亮，直达天庭。很多神仙都吓得逃跑了。普莉齐薇是大地女神，她很担心帝释天的安危，毕竟他还是个孩子。但是帝释天什么也不怕，他带着马鲁特兄弟一路向前冲去。

旱魔以为自己是无坚不摧的，以为所有人都伤害不了他，但是帝释天的“雷石”却能够打败他。帝释天放出“雷石”，旱魔很快就被打败了。雨水越来越大，河流的水位也越来越高，不久，洪水就暴发了。洪水把旱魔的尸体冲走了，一直冲到大海的尽头，那里一片黑暗。帝释天高兴极了，因为他终于战胜了旱魔，而且是凭借自己的力量。最重要的是，他是第一个举起“雷石”的人。

在人间，就在人们快要绝望的时候，天空中黑云四起，太阳很快就被遮住了，雷声大得惊人。转眼间，大雨就倾盆而下。雨过天晴后，河里的水渐渐多了起来，土地也不再干涸了。人们知道，这是因为帝释天把旱魔打败了，放出了“云牛”，才带来了降水。大雨过后，泥土里突然长出了小草，很快土地就变绿了，庄稼也长出来了，人们终于获得了丰收。

75. 恒河女神和她的儿子

据传说，象城的国王爱上了一位貌美如花的姑娘，痴痴地迷恋着她，为了她甘愿放弃自己的一切。

一天，国王对姑娘说："美丽的姑娘，我喜欢你那动人的双眼，还有你微微一笑的样子。希望你能嫁给我，做我的王后。如果你能答应我，我愿意付出我的所有。"这位姑娘被国王的深情告白打动，就回答道："我最亲爱的国王，我可以答应嫁给你，可你也要答应我一件事情。如果你不答应，就算你说再多的情话，我也不能嫁给你。"国王说："我的爱人，我发誓，不管你说什么我都答应，只要你肯嫁给我。"

那位姑娘接着又说："我嫁给你以后，你不许追问我的来历；我做任何事情，你也不可以问为什么，更不许对我生气。只要你答应了我刚刚说的这些事情，我就立刻嫁给你。但是如果以上任何一件事你没有做到，我都会绝情地离开你。因此请国王您好好考虑。"国王实在是太爱这位姑娘了，马上殷勤地说道：

"我都答应你，现在，你可以嫁给我了吧？"姑娘高兴地点头同意了，于是她成为象国的王后。

端庄贤惠的王后很快就有了身孕。国王十分高兴，他笑着说道："最好生个男孩，将来好继承我的王位。"没过多久，王后果真生了一个男孩。可是，孩子刚一出生，王后就毫无理由地把他扔到了恒河里。国王既生气又疑惑，可是他想到自己婚前答应王后的事情，只好忍住不问。

过了一段时间，王后又怀孕了，可是她还是像扔掉第一个儿子一样，把第二个儿子也扔到了恒河里。第三个、第四个、第五个，王后竟然连续扔掉了自己的七个儿子！国王看在眼里，但是却敢怒不敢言。即使王后这样残忍地把儿子们都扔掉了，国王还是很爱她，害怕自己的疑问和阻拦会让王后离开自己。第八个儿子出生后，王后仍然一如既往地要抱去丢掉，还是和国王没有一句解释。

国王实在忍受不了王后这样可怕的行为了，他大声地训斥王后说："够了！你还要扔掉我的几个儿子啊？你这个残忍又绝情的女人，他们可都是你的孩子啊！他们都是你怀胎十月辛苦所生的，你怎么能全都扔进恒河里？我知道自己曾答应过你，不追问你的来历，也不过问你所做的一切事情，可是这件事，你实在太过分了！"

王后平静地回答道："既然国王你已经违背了自己当初的承诺，那我也就没有必要再隐瞒下去了。在我说出实情后，我就会永远地离开你了。我是恒河女神，成为你的王后是受八位神仙所托。”

原来，恒河里的八位神仙有一次偶然看见了极裕大仙的奶牛。这只奶牛有着金色的牛角，宝石一样的眼睛，全身的毛也十分光滑。最重要的是这奶牛的奶，如果被凡人喝了，就会长生不老，永葆青春。神光仙人的妻子指使自己的丈夫去偷一头，神光仙人于是就和七位兄弟一起偷走了奶牛和刚出生的小牛。

这件事情被极裕大仙知道了。他勃然大怒，将八位仙人一起贬到了人间。这还不算，极裕大仙诅咒说：“神光仙人要在人间受苦很久，另外七位在死去以后，可以恢复自由之身，重新成为神仙。”八位神仙很后悔自己当初的行为，但也只能接受大仙的惩罚。为了能早日变回神仙，他们来到了恒河，含泪对恒河女神说：“我最敬爱的女神，求你大发慈悲，救救我们吧！希望您能做我们的母亲，在我们出生后就把我们扔到恒河里，好让我们重新做回神仙。”

此时的国王才明白，自己的王后这么做都是为了帮助八位神仙。想到自己违背了誓言，他后悔万分，对恒河女神说道：“亲爱的恒河女神，我这才知道自己一直都冤枉你了，希望你能原谅我，继续留在我的身边。”恒河女神摇摇头说：“八位神仙都已经重新成神，我答应他们的事情也算是做完了。现在，我要带着这第八个儿子回到我的恒河里了，等他长大了，我会送还给你的。”说着，她就抱着孩子消失了。

国王很伤心，把自己完全沉浸在治理国家的工作中，像是一个苦行僧。又过了几年，大臣们劝国王再娶王后，生个儿子继承他的王位，国王采纳了大臣的建议。

不久后的一天，国王来到了恒河边，恒河女神突然出现。她说道：“当初我带走的第八个孩子已经长大了，我把他教育得很优秀，现在，我把他还给你。身为恒河之子，他会用心辅佐你治理国家的。”于是，国王带走了自己的第八个儿子。

这个孩子长大之后，果然用心帮助国王治理国家，深受百姓爱戴。可是，他最终没有继承王位，而是将王位让给了第二任王后的儿子。恒河之子不仅成为整个国家中最优秀的政治家，而且也是全族最长寿的人。

76. 人类再生记

人类不断变得强大，文化也一直在向前发展，因此他们不再敬畏神灵的力量。宙斯发现人类已经变得越来越有主见，越来越不愿意供奉奥林匹斯众神，这让他感受到了前所未有的威胁。先知之神普罗米修斯预见了未来，他号召人类建造一艘巨大无比的船。可是无知的人类不听普罗米修斯的话，他只好让儿子丢卡利翁建造一条小船。

一天，宙斯说道："我以神之主的名义命令奥林匹斯的所有神，一起给人类点颜色看看，发一场巨大的洪水将人类全部毁灭！"诸神听从了宙斯的话，在人间刮起了大风，降下了可怕的倾盆大雨。紧接着，海神波塞冬又命令全世界的海洋说："海水涨起来吧，大浪翻滚起来吧，淹没所有的房屋土地，将人类和生物全部吞没在洪水的怀抱里！开始惩罚吧，惩罚那些愚蠢无知的人类吧！"

人类这才知道普罗米修斯让大家建造巨船的用意，可是已经晚了。之前建造的船太小了，只有丢卡利翁和妻子皮拉两人坐了上去。

这场洪水和暴雨整整持续了九天九夜，丢卡利翁和妻子也在波涛汹涌的海面上漂泊了九天九夜。此时的人间已经是一片汪洋，达到惩罚目的的宙斯，心满意足地大笑着说："这就是与神对抗，不尊重神的下场！奥林匹斯的所有神，我现在命令你们结束这惩罚，让太阳的光辉重新照耀人间，温暖的微风吹拂在平静的海面上，让大地恢复它原本的样子吧！"

神的可怕惩罚终于停止了，一切都平静了下来。丢卡利翁和他的妻子顺着海浪，一直漂到了帕耳那索斯山，他们站在山顶，看着毫无生机的大地和周围荒凉破败的景象，二人抱头痛哭。皮拉抽泣着说道："现在，人类的一切都被摧毁了，我们该怎么办啊？"突然，皮拉又大声说道："对了，我们可以祈求正义女神忒弥斯的帮助！"

丢卡利翁和皮拉找到了正义女神忒弥斯，含着泪跪下，说："敬爱的女神啊，由于人类的愚蠢，惹怒了宙斯，人们已经知错了。现在，大地一片死寂，请您告诉我们，该怎么做才能重新创造人类，让大地变得和以前一样充满生气呢？"

正义女神回答道："幸存下来的人啊，用衣服蒙住你们的头，将母亲的骨头扔向你们的背后。"皮拉叹息着说道："伟大的女神啊，请原谅我不能听从您的吩咐！作为子女的我们，怎么能扔生养自己的母亲的骨头呢！怎么能这样呢？"正义女神打断了皮拉的话，对她说：“新的人类，将从遥远古代的母亲的骨头中诞生。我的孩子，神的指示永远是对的。”

丢卡利翁思考了一会儿，激动地对皮拉说：“遥远的古代母亲就是大地啊！大地母亲的骨头就是石头！皮拉，扔母亲的骨头就是扔石头！就让我们一起，将人类重新创造出来吧！”说着，两人就按照正义女神的话，用衣服把头盖住，将石头丢向了自己的身后。

“大地的骨头”重新回到母亲的怀抱后，瞬间就变成了男人和女人！于是，皮拉和丢卡利翁一路不停地撒着石头。他们走了很远的路程，撒了很久的石头，大地上终于又一次出现了人类。正因为这一代的人们是由石头变来的，所以他们的性格都如石头般坚韧，勇于面对各种困难。

丢卡利翁和妻子皮拉带领这一代的人类，开始了新的生活。他们建立了新的国家，并以自己儿子的名字——希腊，来给这个国家命名，人类从此开启了一页新的篇章。

77. 欧罗巴公主

很久以前，有一个叫欧罗巴的公主，长得十分漂亮。有一天，她做了一个奇怪的梦。在梦中她看到了两块陆地，其中一块叫亚细亚，另一块则在它的对面。突然，这两块陆地变成了两个女人，其中一个女人的装扮较为寻常，另一个则看起来像个外地人。两个女人一边吵架一边拉扯欧罗巴，一个女人非说她是自己的女儿，而另一个女人则一把把她搂在怀里，要把她献给宙斯当情人。欧罗巴从睡梦中醒过来时，只觉得脸上发烫，但她猜不透这个梦到底是什么意思。

上午，阳光照射下来，天气格外清爽。欧罗巴把昨晚做的梦忘得一干二净了，叫上了几个朋友一起到海边游玩。海边开满了各种鲜花，朋友们都在忙着采摘花朵。欧罗巴也被眼前这片草地迷住了，她提着一只花篮，蹲下来采摘自己喜爱的花朵。

欧罗巴的美貌是众人皆知的，宙斯对她倾慕不已。于是，宙斯就偷偷来到人间，化身一只公牛，这样就没人能够知道他是天神了。如此一来，他可以轻易地得到欧罗巴的爱抚，同时也不会让妻子赫拉发现。

公牛来到了海边，缓缓走到欧罗巴身边。欧罗巴看了它一眼，发现它跟一般的牛不同。它的双角格外漂亮，身体的毛是金色的，额头上还有一个月牙形的记号；它的眼睛明亮而温和，并且散发着蓝色的光芒。公牛一下子就讨得了欧罗巴的欢心。她走上前去，摸了摸它的毛发，用手帕擦干它的嘴，还在它的额头上亲了一下。公牛突然叫了一声，从声音中可以听出它非常兴奋。公牛趴在欧罗巴身边，抬起头温和地看着她。

欧罗巴把她的朋友们都叫了过来，她说：“我们一起骑到牛背上去吧！你们看这只公牛这么大，我们都能坐得下的。它那么温顺，一定不会伤害我们。我相信它是一只善良的牛，如果它能说话，我们将会成为好朋友的。”她一边和朋友说着，一边往牛背上爬。不过，她的朋友们却一动不动地站在原地，不敢爬到牛背上去。

公牛很高兴，因为它得到了欧罗巴的欢心。它站了起来，驮着欧罗巴朝大海走去。到达海边的时候，公牛不但没有停下脚步，反而跳进了海里。欧罗巴吓坏了，她只能大声呼救，但是朋友们都在身后很远的地方，帮不了她。

出乎意料的是，公牛并没有沉入水中，而是在水面上优雅地走着。欧罗巴还是很害怕，但她什么也做不了，只能紧紧地抓着公牛的双角。她对公牛说道：“你到底想驮着我去哪里呢？大海是鱼的家乡，并不是我们该去的地方。你竟然能够在水面上行走，那么你一定是天神，凡间的动物是做不到的。”公牛温和地说：“亲爱的姑娘，你放心吧，不会有事的。你说得对，我正是天神之首。我很喜欢你，所以变成一只公牛接近你。我会带你去一块新的陆地，那里会是我们将来的新家。”

公牛一直在大海上奔跑着，欧罗巴看着家乡越来越远，直到消失在自己的背后。这时，太阳也落下了，天上只有繁星点点。第二天清晨，公牛还在奔跑，一直到晚上他们才抵达一片陆地。公牛走上陆地，让欧罗巴从背上下来。当欧罗巴站起来的时候，公牛已经变成了一个男人。从这之后，欧罗巴就是宙斯的妻子了。她居住的这块陆地也有了新的名字，那就是欧洲大陆。

78. 奥林匹斯山诸神

在宇宙形成之前，世界还是一片混沌，没有天地之分，没有海水和空气，也没有日月星辰，只是一团雾水。这片混沌就是卡尔斯，他与妻子尼克斯生了一个孩子，这个孩子就是黑暗之神厄端布斯。

尼克斯是夜之女神，她统治着世间的一切。后来，卡尔斯和尼克斯都厌恶了权力，便让厄端布斯一同管理世界。不过却出了意外，厄端布斯推翻了父亲的统治，娶了自己的母亲，还生了两个孩子。其中一个孩子是光明之神，叫作菲比；另一个是白昼之神，叫作墨洛斯。

后来，光明之神和白昼之神也联合起来推翻了父亲厄端布斯，还让他们的孩子厄洛斯一同治理天下。后来，菲比和墨洛斯还生了海洋之神俄刻阿努斯和大地之神盖亚。厄洛斯把各种鱼虾投入海中，把花草树木和飞鸟走兽给了盖亚。

大地之神盖亚用自己的身体创造了天空之神乌拉诺斯。乌拉诺斯娶了自己的母亲盖亚，生了六个孩子，可每个孩子都长得像妖怪。其中三个孩子各有五十个头颅，五十双手臂，剩下的三个孩子都只有一只眼睛。他们的眼睛比一般人的眼睛都要大，长在额头中间。这六个孩子统一叫作屈克罗佩斯。过了很久，天空之神与大地之神又生了十二个孩子，其中包括六男六女。他们个个长得像山一样高，名字统一叫作提坦神。乌拉诺斯并不喜欢他的孩子，反而很厌恶他们。于是，他把孩子们都关到塔耳塔罗斯地狱里去了。

大地之神盖亚看到孩子们在地狱里受苦，心里十分难受，于是建议孩子们团结起来反抗父亲。这时，最小的儿子克罗诺斯站了出来，愿意领导自己的兄弟们。他拿起盖亚送给他的弯刀，杀死了自己的父亲乌拉诺斯，还把他的身体扔下凡间。乌拉诺斯的鲜血流入海中，海水立刻冒出无数个泡泡。一个美丽的姑娘从中诞生，她就是爱与美之神——维纳斯。在希腊神话中，她名叫阿佛洛狄忒，意思是“从泡沫中诞生”。乌拉诺斯的鲜血还滴落在大地之上，复仇女神欧墨尼得斯由此诞生。

克罗诺斯取代了乌拉诺斯，成为众神之首。他成为统治者的第一天，就把自己的兄弟姐妹们重新关进了塔耳塔罗斯地狱里，还迎娶了自己的妹妹瑞亚。

乌拉诺斯在临死之前对克罗诺斯下了诅咒，诅咒他将来的儿子也会起来推翻他的统治。克罗诺斯担心这样的事情真会发生，所以他就把自己所有的孩子都吃掉了。作为母亲，瑞亚自然十分伤心。因此，在她第六次怀孕时，她瞒着克罗诺斯躲到了克里特岛上，并在岛上的狄克忒里山洞中生了一个儿子，这个孩子就是宙斯。瑞亚用一块巨石当作婴儿交给了克罗诺斯。果真，克罗诺斯一口就吞了下去。瑞亚去找克罗诺斯之前，让两个巨人在洞口守着。只要婴儿哭喊，他们就敲响盾牌，制造噪声，好让克罗诺斯不知道人间还存在他的一个儿子。

渐渐地，宙斯终于长大成人了。他觉得自己精力充沛，身体有用不完的力量，一心想把哥哥姐姐们从父亲的肚子里救出来。智慧女神墨提斯暗中让克罗诺斯吃下呕吐药，让他呕吐不停，直到把吃下去的孩子们都吐了出来。宙斯联合他们，一起打败了父亲克罗诺斯。

宙斯最终取代了自己的父亲，成为天神之首。他的哥哥姐姐都成为天神，管理海洋、冥界、大地、农业和灶火。宙斯还迎娶了自己的姐姐赫拉，让赫拉管理世间的婚配，让人类能够组建家庭。

所有的天神都住在奥林匹斯山上，这座山直通天空，是天和地的连接处。宙斯拿着权杖，还能操纵雷霆。他的雷霆威力巨大，是巨人库克罗普斯经过千锤百炼而打造的。宙斯有很多孩子，他们一起居住在奥林匹斯山中。他们当中有战神阿瑞斯，智慧女神雅典娜，太阳神阿波罗，月亮和狩猎神阿尔忒弥斯，火神和神匠赫淮斯托斯，神使赫尔墨斯。